DES DRACHEN WILLIGE OPFERGABE

DIE LETZTEN DRACHEN 3

INES JOHNSON

Übersetzt von
SONJA LUISE HERBERTH

THOSE JOHNSON GIRLS

„Vielleicht kann der Pollen aus dem Staubbeutel einer Elfenblüte als Stabilisator dienen. Ich werde etwas davon hinzufügen."

Kimber sah zu, wie sein Bruder Corun den gelben Pollen in sein Gebräu streute. Das farbenfrohe Elixier zischte und blubberte und schwappte über. Und dann explodierte es.

Kimber sprang gerade noch rechtzeitig zurück, um einem Elfenstaub-Schauer zu entgehen. Es gelang ihm, auch Corun von dessen verpfuschtem Experiment wegzuziehen. Aber nicht, bevor der heiße Zaubertrank die linke Augenbraue seines Bruders verbrüht hatte.

Corun ließ den Kopf hängen. Nicht wegen seines

angesengten Gesichts, sondern wegen des erneut gescheiterten Versuchs.

Kimber hätte ebenfalls den Kopf hängenlassen, wenn er jemals damit gerechnet hätte, dass das Experiment, das dazu dienen sollte, die Triebe ihrer Bestien zu unterdrücken, erfolgreich sein würde. Das hatte er jedoch nicht.

Er bückte sich, um Corun zu helfen, die Überreste dieses erneut fehlgeschlagenen Experiments aufzukehren. Es war einen Versuch wert gewesen. Kimber schätzte die Bemühungen seines Bruders. Das änderte aber nichts an der Tatsache, dass sie alle dem Untergang geweiht waren.

Heute sollte für die Zwillingsbrüder eigentlich ein Tag zum Feiern sein. Kimber und Corun waren endlich volljährig geworden. Sie galten nicht mehr als Jungtiere, die lediglich zarte Rauchwölkchen ausstießen. Seit dem letzten Vollmond waren sie vollwertige Drachen, mit richtigen Flammen, die alles versengen konnten.

Aber ihr neu erworbener Status brachte den Brüdern herzlich wenig ein. Ohne die Aussicht auf eine weibliche Opfergabe könnten sie genauso gut noch neugeborene Welpen sein.

Jahrhundertelang hatten die Menschen ihre Jungfrauen im Tausch gegen Edelsteine und Gold zu den Pforten des Schleiers gebracht. Seit Draco vom Turmalin-Weyr mit einer Walküre durchgebrannt war, waren die Durchgänge vom Schleier zur Menschenwelt und damit zu den Opfergaben jedoch geschlossen worden. Aber die Wandler-Männchen brauchten diese dringend, nicht nur, um ihre Blutlinien fortbestehen zu lassen, sondern auch, um die Kontrolle über ihre Bestien aufrechterhalten zu können. Ohne Gefährtinnen, die ihre Tiere besänftigen konnten, würde die Balance zwischen Mensch und Bestie immer schwieriger werden, bis Letztere beginnen würden, die Körper zu übernehmen, sodass die Brüder sich nicht mehr in ihre menschliche Gestalt würden zurückverwandeln können.

Nicht, dass Kimber darauf hoffte, eines dieser zerbrechlichen Geschöpfe als Gefährtin zu haben. Er hatte gesehen, wie das Licht in den Augen seiner Mutter erloschen war, als sie ihn in ihren Armen gehalten hatte. Bereits als neugeborener Welpe war er bei vollem Bewusstsein gewesen. Er hatte gewusst, dass sein kräftiger werdender Herzschlag bedeutete, dass ihr Herzschlag immer schwächer werden würde. Dennoch hatte sie ihm und seinem Bruder jeden Tag im Mutterleib etwas vorgesungen.

Obwohl sie dem sicheren Tod entgegengesehen hatte und die Bestien in ihr gewachsen waren, hatte sie sie geliebt. Kimber hatte dieses Gefühl nie vergessen. Es hatte sowohl ihn als auch seinen Bruder verändert. Als er herangewachsen war, hatte er gewusst, dass er niemals eine Opfergabe würde annehmen können. Er könnte niemals eine unschuldige Frau in den Tod schicken und dann zusehen, wie das Licht in ihren Augen erlosch, während er seine Welpen in den Armen hielt.

Sein Vater hatte sie nie in die Wiege gelegt. Gneiss war kein zartbesaiteter Typ. Ihm ging es nur um den Fortbestand seiner Art. Kimber fragte sich oft, ob Drachen es überhaupt verdienten zu leben, bei dem Leid, das sie anderen zufügten.

„Kimber."

Kimber blickte auf und sah einen seiner jüngeren Brüder in der Tür stehen. Rhoyl war groß für sein Alter, mit langen Armen und Beinen. Alle vier Gliedmaßen endeten in Krallen. Sein Torso war ein Flickenteppich aus Haut und blauen Schuppen. Seine ledrigen Flügel waren auf dem Rücken gefaltet und ruhten auf seinen breiten Schultern. Jeden Tag beanspruchte der Drache mehr und mehr von seinem Körper. Rhoyl machte sich nicht mehr die Mühe, sich gegen die Dominanz des Tieres zu wehren.

Kimber machte sich Sorgen um seinen jüngeren

Bruder. Als Zweitgeborener von Drillingen hatte Rhoyl miterlebt, wie seine Mutter kurz nach ihrer Geburt beerdigt worden war. Damals hatte er sich in seine Drachengestalt verwandelt und tagelang im Wald versteckt. Sie hatten ihn in dieser Zeit in Ruhe gelassen, damit er trauern konnte. Jetzt ließen sie ihn in den Nächten umherstreifen.

Es gab keine Hoffnung mehr, keine neuen Opfergaben mehr. Die Drachen konnten den Schleier nicht verlassen. Die Walküren interessierten ihre Probleme nicht. Corun hatte vermutlich die einzige Lösung: explodierende Tränke. Wenn das die Bestien nicht besänftigen könnte, dann würden sie wenigstens mit einem lauten Knall untergehen.

„Du musst sofort mitkommen!" In Rhoyls tiefer Stimme schwang ein Hauch von Angst.

Darum rannten Kimber und Corun hinter ihrem Bruder den Flur hinunter. Anhand der Richtung, in die sie liefen, wusste Kimber genau, was los war. Sie bogen gerade noch rechtzeitig um die Ecke, um Ilia, den Letztgeborenen der Drillinge, durch die Luft fliegen und gegen eine Wand prallen zu sehen. Er war durch die offene Tür von Miyaoaxochitls Zimmer geflogen.

Corun bückte sich, um sich um seinen verwundeten Bruder zu kümmern. Rhoyl blieb kurz vor der Tür stehen. Kleine Rauchschwaden stiegen aus seinen Nasenlöchern. Der Junge war verschwunden. An seiner Stelle stand ein Drache, dessen Leibesumfang die gesamte Breite des Gangs einnahm.

Kimber betrat Miyas Zimmer. Sie war die einzige Opfergabe, die die Geburt ihrer Söhne überlebt hatte. Aber *überlebt* war nicht unbedingt eine treffende Bezeichnung.

Miya lag tagein, tagaus im Bett, blind und stumm. Sie war eine Hülle. Aber eine Hülle, um die sich alle fünf von Kimbers Brüdern liebevoll kümmerten.

„Du wirst sie nicht anfassen!"

Das war Eleks erhobene Stimme. Er war noch ein Jungtier und erhob eigentlich nie seine Stimme. Auch seine Fäuste nicht. Jetzt aber hob er beides an, um seine Mutter zu verteidigen.

Kimber betrat den Raum mit behutsamen Schritten. Die Worte waren nicht an ihn gerichtet gewesen, sondern an das Monster in der Ecke.

„Sie kann mir weitere Welpen schenken, um meine Blutlinie fortzuführen." Gneiss' Stimme war so tief, so hallend, dass die Wände vibrierten. Ein Riss ging durch die Fensterbank, als er seinen nächsten Satz brüllte: „Sie gehört zu mir!"

„Hast du nicht schon genug Schaden angerichtet?" Gegenüber von Elek stand der Älteste der Drillinge. Selbst als Jungtier war Beryl fast so groß wie sein Vater. Wenn er ausgewachsen sein würde, würde er ein furchterregender Mann sein. Doch jetzt wurde er von der kolossalen Statur seines Vaters in den Schatten gestellt.

„Ihr albernen Gören", spottete Gneiss. „Unsere Art ist am Aussterben. Sie ist nur ein Mensch, ein Inkubator, ein Gefäß. Dafür wurde sie erschaffen."

Das wurde sie nicht. Die Göttin, die alle Wesen erschaffen hatte, hatte ihr kleines Drachenprojekt nie zu Ende gebracht. Sie hatte keine weiblichen Drachen gemacht, mit denen sich die Wandler paaren könnten. Deshalb mussten sie auf menschliche Frauen zurückgreifen.

Aber Miya hatte genug getan. Sie hatte einen ihrer beiden Söhne geboren. Und sie hatte ihre Augen offengehalten und ihr Herz noch lange nach der Geburt schlagen lassen. Das war mehr als jeder von ihnen sich hatte erhoffen können. Und dafür, dass sie seinem jüngeren Bruder Schuldgefühle und Schande erspart hatte, würde Kimber ihr immer dankbar sein.

Kimber gesellte sich zu der Barriere aus jungen Männern, die ihren Vater von dem zerbrechlichen

Menschen fernhielt. Wenn Gneiss sie erneut entführte, würde sie eine zweite Geburt nicht überleben. Sie würde wahrscheinlich noch nicht einmal eine zweite Inanspruchnahme durch das Monster, das ihr Vater war, überleben.

Der Blick seines Vaters war auf ihn gerichtet. Darin lag Abscheu. Abscheu überzog auch seine Zunge, als er sprach. „Willst du mich herausfordern?"

Kimber biss zu. Seine scharfen Schneidezähne schnitten in das weiche Fleisch seines Mundes. Der warme, metallene Geschmack des Blutes überzog seine Zunge, als er sich seinem Vater entgegenstellte.

Obwohl dieser davon besessen war, immer mehr Erben zu zeugen, kümmerte er sich überhaupt nicht um seine Sprösslinge. Nein, eigentlich mochte er seine Söhne noch nicht einmal.

Gneiss hielt sie für fehlerhaft. Sie hatten sich um die Frauen, die sein Vater als Opfergabe für sich beansprucht hatte, gesorgt. Sie trauerten um ihr Dahinscheiden. Sie schätzten Miya und ihren Überlebenswillen. Selbst wenn es möglich wäre, wusste Kimber nicht, ob einer von ihnen jemals in der Lage sein würde, eine eigene Opfergabe zu beanspruchen.

„Du hast genug Söhne", sagte Kimber. „Miya hat ihre Pflicht getan."

„Riech an ihr. Sie ist reif für eine weitere Runde." Gneiss' hungrige Augen huschten über Miyas Körper.

Kimber glaubte, ein Wimmern aus ihrem Mund zu hören. Sein Vater machte einen Schritt nach vorne. Er war älter geworden, aber seine Kraft hatte nicht nachgelassen. Kimber war sich nicht sicher, ob er einen Kampf Mann gegen Mann mit diesem Drachen gewinnen würde. Also musste er es noch einmal mit Diplomatie versuchen.

„Warum noch mehr Drachen in eine Welt setzen, in der sie vielleicht kein eigenes Weibchen bekommen?"

„Dieses Gesetz der Walküren kann nicht ewig gelten", erwiderte Gneiss.

Er machte einen weiteren Schritt nach vorne. Kimber grub seine Fersen in den Boden. Hinter ihm taten seine Brüder das Gleiche. Sie würden alle sterben, um das Leben dieser Frau zu beschützen. Ganz gleich, was im nächsten Moment geschehen würde, jemand würde heute Nacht sein Leben verlieren.

„Huhu."

Alle drehten sich abrupt zum Fenster. Eine Frau in einer blauen Kampfrüstung saß auf der Fensterbank. Kimber wusste, dass es Morrigan war, eine der Walküren. Sie kontrollierte das Portal des Schleiers in ihrem Berg und handelte oft mit den hiesigen Kreaturen im Tausch gegen Edelsteine und Schmuck. Walküren mochten glänzende Sachen.

„Was willst du?", knurrte Gneiss.

Drachen waren die ranghöchsten Wandler in der Nahrungskette. Aber die Walküren standen über dieser Kette. So wie ihre Augen den alten Drachen anfunkelten, gefiel ihr sein Ton ganz und gar nicht. Gneiss wich nicht zurück. War dieser Mann störrisch genug, um den Zorn einer Walküre auf sich zu ziehen?

Morrigan neigte den Kopf so weit zur Seite, dass die Sehnen in ihrem Hals knackten. „Ich habe etwas Futter für euren kleinen Schwanzmesswettbewerb. Wir sehen uns unten."

Sie rutschte von der Fensterbank und verschwand in der Dunkelheit.

Keiner rührte sich vom Fleck.

Keiner der Drachen wollte hinunter zur Walküre gehen, wenn das bedeutete, dass Miya schutzlos sein würde. Und dann geschah es. Ein Windhauch wehte durch das offene Fenster. Alle Nasenlöcher im Raum weiteten sich und nahmen den Duft auf, der bis zum Fenster im dritten Stock reichte.

Ein Mensch. Weiblich. Eine Jungfrau.

Was war das?

Ihr Vater war der Erste, der den Raum verließ, und Kimber war ihm dicht auf den Fersen. Alle folgten dem Geruch. Nur Elek blieb bei seiner Mutter zurück.

Unten an der Hintertür des Schlosses lud die Walküre gerade einen Sack von einem reinrassigen Drachen ab. Der Geruch kam aus den Inneren dieses Sacks. Eine gedämpfte Stimme war auch zu hören.

„Lasst mich raus! Lasst mich sofort raus! Ich kann Karate."

Die Walküre öffnete den Sack, und heraus purzelte etwas, das wie ein winziger Wirbelwind aussah. Er war blass und rothaarig. Seine kleinen Hände waren zu Fäusten geballt. Auf dem Gesicht lag ein finsterer Ausdruck.

„Ich weiß, dass der Schleier für Menschenopfer geschlossen ist", sagte Morrigan. „Aber diese hier hat sich in eine Angelegenheit gemischt, um die ich mich gekümmert habe. Ich konnte sie nicht zurücklassen, also habe ich sie hierhergebracht."

„Du hast mich nicht hierhergebracht." Der kleine Wirbelwind stellte sich der Walküre entgegen, die sie überragte. „Du hast mich gekidnappt. Das verstößt gegen das Gesetz. Weißt du überhaupt, wer mein Vater ist?"

„Ich weiß sehr wohl, wer dein Vater ist. Er ist im anderen Sack."

Die Männer drehten sich zu besagtem Sack auf dem Rücken des Drachen um. Dessen Inhalt gab keinen Laut von sich. Er war still, unbeweglich, leblos.

Kimber würdigte den Sack keines Blickes. Er konnte seine Augen nicht von der jugendlichen Frau abwenden, die nur wenige Meter von ihm entfernt war. Ihr Gesicht war herzförmig, mit einem trotzigen Kinn, das perfekt in seine Handfläche passen würde. Ihre vollen Lippen waren ständig in Bewegung und gaben alle möglichen Flüche von sich, die er nicht ganz deuten konnte. Ihre unverständlichen Worte hielten ihn jedoch nicht davon ab, sich zu fragen, wie diese Lippen wohl schmecken würden.

„Da ihr die letzten Drachenwandler seid, dachte ich mir, dass ihr sie vielleicht wollt", sagte Morrigan.

„Moment mal? Was? Drachen? Drachen gibt es doch gar nicht. Bist du etwa auf Crack, oder was? Was redest du da?"

Das junge Mädchen stemmte die Hände in die Hüften. Wieder folgte Kimber ihrer Bewegung. Ihre Hüften waren nicht breit genug fürs Gebären. Noch nicht. Aber sie waren breit genug für ihn, um sich zwischen sie zu legen und ihre Hitze zu testen.

„Wie viel?", fragte Gneiss.

Kimber drehte den Kopf und sah das gierige Grinsen, das sich auf dem Gesicht seines Vaters ausbreitete. Das Mädchen war jung. Noch nicht alt genug für eine Begattung. Aber er konnte an dem Schimmer in den Augen seines Vaters erkennen, dass es diesem egal war.

Meine, knurrte Kimbers Drache.

Kimber stellte sich vor das junge Mädchen, ballte die Fäuste und fletschte die Zähne, um den Blick seines Vaters auf sich zu ziehen. Jedweder Gedanke an Diplomatie war verschwunden. Es sah so aus, als würde heute Abend doch noch jemand sterben.

KAPITEL EINS

„*D*eine Haare haben die Farbe von fließendem Blut aus einem durchbohrten Herzen."

Das war nicht unbedingt der Charmanteste aller Anmachsprüche. Aber Cardi hatte nichts, womit sie Izems Bemühungen vergleichen konnte. Sie war noch nie angemacht worden. Es sei denn, man zählte das eine Mal mit, als Gneiss gesagt hatte, ihre Hüften seien gut fürs Gebären. Aber für sie zählte das nicht wirklich.

„Deine Augen sind so blau wie die eines Fisches, der an einem Haken hängt."

Okay, er war also nicht Corey Haim.

„Wenn du ein Transformer wärst, wärst du Optimus Fine."

Auch nicht Corey Feldman. Aber es war besser als gar keine Komplimente, wie in ihrer jetzigen Beziehung.

Kimber hatte sie kaum beachtet. Es sei denn, um ihr zu sagen, dass sie ihr T-Shirt hochziehen sollte, um ihre BH-Träger zu verdecken. Oder, dass sie Leggings unter ihrem Rock tragen sollte. Oder, dass sie den pinkfarbenen Glanz auf ihren Lippen wegwischen sollte.

Der Drache, an den sie gebunden war, schien es zu bevorzugen, wenn sie Flanellhosen und Zöpfe trug und ein ungeschminktes Gesicht hatte. Cardi zog sich nur einen Flanell-Pyjama an, wenn sie bei Miya übernachtete und sie sich alle Filme ansahen, in denen Madonna je mitgespielt hatte: *Susan ... verzweifelt gesucht*, *Shanghai Surprise* und *Who's that Girl*.

Shanghai Surprise war Cardis Lieblingsfilm, da das Material Girl darin mit ihrer großen Liebe, ihrem Ehemann Sean Penn zusammenspielte. Cardi konnte nicht genug von dieser Liebesgeschichte bekommen, in der sich Gegensätze anzogen. Das könnten sie und Kimber auch sein. Wenn er ein missverstandener Hochstapler und sie eine Missionsschwester wäre.

Izem rückte näher heran und brachte Cardi

damit wieder ins Hier und Jetzt und zu ihrem ersten, richtigen Flirt zurück.

Ihr Bauch war in diesem Outfit unbedeckt. Izems goldene Augen glitten von diesem zu ihren schlanken, wohlgeformten Schenkeln. Seine Lippen verzogen sich, als ob er gerne daran knabbern wollte.

Cardi konnte seine rohe Männlichkeit an ihm riechen. Ein Hauch von Angst zog sich um ihren Unterleib. Sie war noch nie so nah an einem Mann dran gewesen. Na ja, abgesehen von den Drachen. Aber die zählten nicht. Sie hatten sie als ihre kleine Schwester adoptiert. Keiner von ihnen hatte sie je so angesehen, wie Izem es gerade tat. Gierig.

Würde er sie beißen?

Sie war schon einmal gebissen worden. Vor langer Zeit von Kimber, als er das Recht auf sie erworben hatte. Seitdem hatte er sie nicht mehr berührt. Er hatte sie definitiv nie mit einer derartigen Begierde in den Augen angesehen.

„Du solltest nicht so nah an mir dran sitzen. Kimber wird jeden Moment hier sein, und das würde ihm nicht gefallen."

„Gefällt es *dir* denn?"

Tat es das? Sie war sich nicht sicher. Sie hatte nur Augen für Kimber gehabt. Aber er verdrehte seine oft, wenn sie den Raum betrat. Oder wenn sie den Mund öffnete, um etwas zu sagen. Oder wenn ihr Name in einem Gespräch erwähnt wurde.

„Er weiß nicht, was er an dir hat. Wenn du mir gehören würdest, hätte ich dich schon längst beansprucht."

Izem streckte die Hand hinter ihr aus, wie in einem Film. Es war, als hätten sie ein richtiges Date. Seine Pfoten krümmten sich besitzergreifend um ihre Schulter. Ein Schnippen seiner Klaue, und der BH-Träger würde reißen und ihre Schulter freilegen.

„Nur, weil er dich markiert hat, bist du noch lange nicht die Seine. Ich befürworte das Recht einer Frau, ihren Partner selbst zu wählen."

Wäre sie ein junges, naives Mädchen gewesen, wäre sie in Izems Umarmung in Ohnmacht gefallen. Sie hätte so getan, als würde sie protestieren, während er sie küsste und sie ihrer Kleidung und ihrer Tugend entledigte.

Cardi war aber nicht naiv. In ihrer Welt war sie in eine Familie von Betrügern hineingeboren worden. Als sie sprechen gelernt hatte, hatte sie Großvater Ponzi im Nu um den kleinen Finger gewickelt. Bereits in ihrer zweiten Nacht im Schleier waren die Drachen Wachs in ihren Händen gewesen. Dieser Löwenjunge wusste nicht, mit wem er es zu tun hatte.

„Du willst mich nur wegen meiner Gebärmutter", sagte sie.

Izem ließ sich nicht entmutigen. „Das ist es, was meine Mutter will. Du kennst mich besser, Cardi."

„Tue ich das?"

„Willst du das?" Er lehnte sich vor. „Was willst du?"

Das hatte sie noch nie jemand gefragt. Ihr ganzes Leben lang hatte sie bekommen, was sie wollte. Von ihrem linken Vater, der seiner temperamentvollen Tochter jeden Wunsch erfüllt hatte, um sie in Schach zu halten. Bis hin zu Kimber, der jeden ihrer Wünsche nach Kleidung, Unterhaltung oder Essen aus ihrer alten Welt an Morrigan, die Walküre, weitergegeben hatte, damit diese es für sie besorgte. Alles, um sie zu besänftigen. Sie hatte mehr, als sie jemals brauchen würde. Aber was war es, was sie wirklich wollte?

Cardis Blick wanderte zum Eingang der Löwenhöhle. Sie wusste, dass die Tür nicht verschlossen war. Was sie beunruhigte, war, dass sie nicht geöffnet wurde.

„Ich sage dir, was ich will", sagte Izem. „Eine Chance."

„Eine Chance?" Cardi richtete den Blick wieder auf ihn. „Auf was?"

„Auf dich. Eine Chance, dich zu gewinnen."

Das war es. Izem war eine Bestie wie alle anderen auch. Alles, was die Wandler interessierte, war Gepose.

Cardi war nichts weiter als ein Preis, und sie wusste es. Wenn Izem nicht wusste, dass sie es wusste, dann war er der Naive. Hier wurde ein Spiel gespielt. Wie immer hatte sie die Absicht, das Spielbrett mit der höchsten Punktzahl zu verlassen.

„Geh mit mir aus", sagte er. „Nur einmal."

Izem lehnte sich zurück. Er gab Cardi wieder ihren Freiraum. Sie hatte genug Platz, um eine Entscheidung zu treffen, ohne dass er sie bedrängte. Ohne seine ungebührliche Nähe. Was für ein Spiel trieb er da?

Eine Sekunde später wurde die Tür aufgerissen. Eine dunkle Gestalt stand darin. Eine Eiseskälte bohrte sich in sie, strich über ihre nackte Haut und hinterließ ein warmes Kribbeln in ihrem Inneren.

Cardi stürzte sich in Izems Arme. Dann warf sie dem willkommenen Eindringling einen trotzigen Blick zu.

KAPITEL ZWEI

Kimbers Kopf schmerzte. Das hatte er in den vergangenen drei Jahren seines Lebens ständig getan. In der menschlichen Welt waren drei Jahrzehnte vergangen, da die Zeit im Schleier anders verlief als im Reich der von der Göttin bevorzugten Geschöpfe. Seit eines dieser bevorzugten Geschöpfe namens Cardi bei ihm wohnte, hatte er ein unaufhörliches Pochen direkt in den Schläfen.

Jede Opfergabe, die Kimber gekannt kannte, war mit Tränen in den Augen in den Schleier gekommen. Er hatte schlanke, zierliche Frauen mit Kronen auf dem Kopf gesehen, die gezittert hatten, als sich die Drachen genähert hatten. Er hatte rundliche

Frauen in Lumpen gesehen, die blass geworden waren, als sie die Größe ihrer Entführer gesehen hatten.

Aber nicht Cardi. Sie hatte Feuer in ihren Augen und in ihrem Geist. Cardi war in einem Flanell-Pyjama und flauschigen Socken angekommen, und sie hatte den ganzen Schleier in die Knie gezwungen.

Das zierliche Mädchen war gegen sieben Drachen angetreten und hatte nicht mit der Wimper gezuckt, kein einziges Mal. Kimber würde sie bewundern, wenn sie nicht seinen Drachen um ihren lackierten, kleinen Finger gewickelt hätte. Der kleine Mensch war in der Lage, seine Bestie jeden seiner Wünsche erfüllen zu lassen. Schon bald war Kimber klargeworden, dass die junge Frau, die er sich als Gefährtin auserkoren hatte, ein manipulatives, verwöhntes Kind war.

In all den Jahren, in denen sie unter seinen Fittichen gestanden hatte, war sie nicht erwachsen geworden. Er hatte gehofft, dass zwei reife, gehorsame Frauen sie dazu bringen würden, vernünftig zu werden.

Aber nein.

Cardi nörgelte immer noch unaufhörlich an ihm herum und fragte andauernd, warum er ihren

Forderungen nicht nachkam, bis sein Drache ihn schließlich zum Nachgeben zwang. Sie schlich sich immer noch nach der von ihm festgelegten Ausgangssperre hinaus. Sie stahl immer noch nachts Süßigkeiten. Sie bestand darauf, freizügige Kleidung zu tragen.

Aber dieser letzte Streich war gefährlich. Was hatte sie sich dabei gedacht, in die Löwenhöhle zu gehen?

Kimber stieß die Türen auf. Es war schlimmer, als er erwartet hatte. Er entdeckte sie sofort. Ein Löwe war kurz davor, über sie herzufallen und sie zu verschlingen.

Kimber war innerhalb einer Millisekunde auf ihm. Sein Drache fletschte die Zähne, bereit, dem Frevler die Kehle herauszureißen.

„Kimmy! Kimmy, lass ihn los!"

Der Mann in Kimber wollte Blut lecken. Aber sein Drache, der immer nach Cardis Pfeife tanzte, kam auf ihr Flehen hin zum Stillstand. Nein, nicht ihrem Flehen. Ihrem Befehl. Cardi flehte nie. Sie erwartete immer, dass sie bekam, was sie wollte.

„Meine", knurrte seine Bestie leise in Izems Ohr.

„Lass ihn los!", forderte Cardi.

„Er wollte dich beißen", knurrte Kimber.

„Er wollte mich nicht beißen", erwiderte Cardi. „Er wollte mich küssen."

Kimber klappte die Kinnlade runter, und er öffnete die Faust. Izem fiel wie ein Stein zu Boden. Kimber richtete den Blick auf Cardi.

Sie stand da, trotzig wie immer. Mit ihren schlanken Gliedmaßen und ihren langen Haaren. Und in ihrer lächerlichen Kleidung. Ihr Gesicht war in leuchtenden Pink- und Violetttönen bemalt. Ihre Unterlippe war nach vorne geschoben.

Hatte er sie richtig verstanden? „Er wollte dich küssen?"

„Ja." Sie hob das Kinn. Dann legte sich ihre Stirn zweifelnd in Falten. Sie drehte sich zu Izem um. „Du wolltest mich doch küssen, oder?"

Der junge Löwenwandler hob den Kopf. „Ja."

Kimbers Blick wurde eisig. „Du wolltest meine Gefährtin küssen?"

„Sie ist nicht deine Gefährtin", erwiderte Izem und stand auf. „Du hast sie schon seit Jahren und nie beansprucht."

„Sie ist ein Kind."

Izem drehte sich um und sah Cardi an. Sein Blick wanderte anerkennend über ihren Körper. Seine Eckzähne schoben sich aus seinem Mund. „An diesem strammen, weiblichen Körper ist nichts Kindliches."

Cardis Wangen wurden genauso rot wie ihre Haare. Sie biss sich mit ihren perlweißen Zähnen auf die Unterlippe. Ihre Lider mit den langen Wimpern senkten sich, und sie wirkte beschämt.

Kimber hatte sie noch nie so gesehen. Dann verschwand der Zauber. Sie sah ihn mit funkelnden Augen an, und da war es wieder, das trotzige Mädchen, das er kannte.

„Knurr ihn nicht an", schimpfte sie. „Er hat mich um ein Date gebeten. Was hältst du davon?"

Was er davon hielt? Niemand durfte sie ausführen. Sie gehörte ihm. Kimber hatte sie markiert, nachdem er den Kampf gegen seinen Vater gewonnen hatte. Forderte dieses Jungtier ihn jetzt heraus?

Oder … Moment mal.

Hier fand eine ganz andere Art der Herausforderung statt. Sowohl er als auch der junge Löwenwandler wurden manipuliert. Der dumpfe Schmerz pochte stärker in Kimbers Schläfen. Er war nicht in der Stimmung für eines ihrer Spielchen. Aber er hatte keine Wahl.

So war es eben mit den Opfergaben. Die Drachen

waren ihnen völlig ergeben, solange sie lebten. Keine hatte je so lange mit ihnen gelebt wie Cardi. Dadurch hatte sie alle Schlupflöcher und Tricks gelernt. Deshalb hatte er unaufhörlich Kopfschmerzen. Er kämpfte ständig mit seiner inneren Bestie.

Es lief immer gleich ab: Cardi stellte eine lächerliche Forderung. Seine Bestie wollte ihren Wunsch erfüllen. Der Mann war der Einzige, der an die Konsequenzen dachte. Es war, als hätte Kimber es mit zwei Kindern zu tun. Das eine zeterte und forderte von außen, das andere von innen.

Er wusste, was sowohl die Frau als auch der Drache wollten: dass er sie eroberte. Dass er sie mit ins Bett nahm und ihr Schicksal besiegelte. Zuerst hatte er sich dagegen gewehrt, denn er kannte das Schicksal einer geopferten Frau nur allzu gut. Er wollte nicht so viel Blut an seinen Händen haben.

Und dann hatte er erfahren, dass Cardi Feuer im Blut hatte. Sie war ein halber Drache, was bedeutete, dass sie die Geburt der Jungtiere wahrscheinlich überleben würde. Das wusste er nun schon seit Monaten. Was hielt ihn also zurück?

Nun, die Tatsache, dass sie immer noch ein manipulatives, verwöhntes Kind war – was diese Aktion wieder deutlich gemacht hatte.

Wirklich? Ein noch junger Löwenwandler? Als

ob ihn das dazu bringen würde, sie aufs Bett zu werfen und ihr die Jungfräulichkeit zu rauben.

Kimbers Drache knurrte leise. Seine Krallen drangen aus seinen Fingerspitzen. Seine Reißzähne wurden sichtbar.

Ihm entging das Funkeln in Cardis Augen nicht. Sie hatte ihn, und sie wusste es.

„Du hast sie nur markiert", sagte Izem. „Und das ist Jahre her, Jahrzehnte in ihrer Zeit. Es muss eine Art Verjährungsfrist für Reservierungen geben."

Reservierungen? „Sie ist ein Mensch", knurrte Kimber. „Kein Spielzeugball."

„Aber mein Junge hat recht", mischte sich Leona ein.

Kimbers Kopfschmerzen verstärkten sich durch das Erscheinen der Löwin.

„Wenn du nicht vorhast, den Gegenstand für seinen vorgesehenen Zweck zu verwenden, solltest du ihn zurückgeben", fuhr sie fort.

„Cardinal steht unter meinem Schutz", erwiderte Kimber.

„Aber will sie das auch?", fragte Leona.

Alle drehten sich zu Cardi um. Die Röte auf ihren Wangen war verschwunden. Ihre Schultern waren nicht mehr so aufrecht vor Gewissheit. Das war gut. Sie sollte beunruhigt sein. Sie sollte sich darüber sorgen, wie es außerhalb seines Schutzes aussähe.

„Ich …"

Er spürte Erleichterung über ihr Zögern. Gut, sie war zur Vernunft gekommen. Kimber hob eine Augenbraue. Leider machte Cardi nie einen Rückzieher. Sie war schlimmer als die Drillinge.

Ihre Schultern hoben sich wieder, ebenso ihr Kinn.

„Ich weiß nicht, ob ich noch bei dir bleiben möchte", sagte sie. „Ich würde gerne andere Optionen ausprobieren."

„Eine sehr reife Entscheidung", gurrte Leona.

Kimber wusste, dass das ein Bluff war. Cardi war noch ein Kind. Immer noch anfällig für Trotzphasen und Spielchen. Das hier war nichts weiter als ein Spiel. Ein Mittel zum Zweck, um seine Aufmerksamkeit auf sich zu lenken.

Vielleicht war es genau das, was sie brauchte. Sie dachte, sie wäre erwachsen? Sie dachte, sie wäre bereit, sich zu verabreden und einen Freund zu haben?

Gut, er würde sie mit dem Jungen spielen lassen. Das war nur ein Trick, um ihn zu reizen. Er bezweifelte, dass sie es überhaupt durchziehen würde.

Ihr Lächeln wurde schwächer.

Er hatte also recht gehabt. Sie hatte nur geblufft.

„Gut, du kannst auf ein Date gehen", sagte er. „Aber jetzt kommst du erst einmal mit nach Hause."

„Ich hole dich morgen Abend ab, ja?", fragte Izem.

„Ja …?" Ihre Stimme schwankte am Ende des Wortes und machte es zu einer Frage.

Izem hob ihre Hand an seine Lippen, um sie zu küssen.

Kimber bemerkte nicht, dass er sich bewegt hatte, bis Leona vor ihm stand. Wie immer beschützte sie eines ihrer kleinen Muttersöhnchen.

„Wir müssen uns einigen", sagte sie. „Jetzt, wo die Walküren Opfergaben herbringen, müssen wir uns einigen. Wir wollen nicht, dass sich die Vergangenheit wiederholt und wir fast bis zur Ausrottung gegeneinander kämpfen."

„Meine Brüder und ich haben keinen Grund zu kämpfen", sagte Kimber. Das stimmte nicht ganz, denn die Ankunft der letzten beiden Opfergaben hatte für jedes Männchen blutig geendet.

„Wenn Cardinal sich entscheidet, bei meinem Jungen zu bleiben, muss ich sicher sein, dass es deswegen kein Blutvergießen gibt. Dasselbe gilt für alle weiteren Opfergaben, die durch den Schleier kommen."

„Wir bezahlen für ihre Lieferung.“

„Wir können auch bezahlen. Sie sollten eine Wahl haben. Und da die Bären bald aufwachen und der Vollmond kurz bevorsteht … Ich meine nur, wir sollten reden. Uns einigen.“

KAPITEL DREI

*E*r hatte *Ja* gesagt.

Cardi hätte alle ihre Madonna-LPs darauf verwettet, dass Kimber Izem eine Ohrfeige verpassen würde. Oder zumindest, dass er das Jungtier beißen würde, weil es gewagt hatte, an seiner Gefährtin zu schnüffeln. Sie hatte sich ausgemalt, wie Kimber sie im Eifer des Gefechts hochheben und davontragen würde, wie in *Ein Offizier und Gentleman*. Sobald sie die Löwenhöhle verlassen hätten und allein gewesen wären, hätte Kimber sie endlich als die erwachsene Frau gesehen, die sie war, und sie im Wald für sich beansprucht. So wie es die Bestie in seinem Inneren seit Jahren forderte.

Aber er hatte *Ja* gesagt.

Wusste er nicht, was ein Date war? Doch, natürlich wusste er das. Sie hatte die Drachen dazu gebracht, sich *Unser lautes Heim, Familienbande* und *21 Jump Street* anzusehen. Er wusste genau, was bei einem Date passierte.

Küssen. Fummeln. Unzucht.

Das waren alles Dinge, die Cardi mit Kimber tun wollte. Aber sie hatten es noch nicht einmal bis zum Küssen geschafft. Verdammt, in der ganzen Zeit, seit sie zusammen waren, hatte er noch nicht einmal das Spielfeld betreten.

Sie hatte ihm alle möglichen Zeichen gegeben, dass es „Tag der Eröffnung" auf dem Cardi Spielfeld war. Sie hatte sich die Haare über die nackte Schulter geworfen, wenn er den Raum betreten hatte. Er hatte sie daraufhin gefragt, ob sie sich die Haare schneiden lassen wolle. In den seltenen Fällen, in denen er sich neben sie gesetzt hatte, hatte sie sich an ihn gelehnt. Er hatte sie daraufhin gefragt, ob sie eine Decke brauche, um sich zu wärmen. Sie trug immer den grellsten Lippenstift, wenn sie mit ihm sprach. Aber er starrte nie auf ihre Lippen.

Sie hatte versucht, eine Hausfrau zu sein wie Claire Huxtable, aber sie hatte das Essen verkohlt wie Peg Bundy und beinahe den Westflügel des Schlosses abgefackelt. Jeden Tag hatte sie sich verführerisch gekleidet, wie ihr Idol Madonna, aber Kimber hatte immer nur die Augen verdreht oder ihr gesagt, sie solle sich etwas Vernünftiges anziehen. Kein einziges Mal hatte er sie leidenschaftlich angeblickt.

Cardi sah zu Izem hinüber. Der Löwenwandler starrte sie direkt an. Er wandte den Blick nicht ab.

Sie strich sich eine Haarsträhne hinters Ohr. Izems goldene Augen folgten ihrer Bewegung. Seine Nasenlöcher blähten sich.

Kein Mann hatte jemals bei ihrem Anblick die Nasenflügel aufgebläht. Na ja, einen hatte es gegeben: Gneiss hatte sich die Finger geleckt, als er sie in der ersten Nacht gesehen hatte. Cardi hatte jenseits des Schleiers ein behütetes Leben geführt, aber sie wusste, was das bedeutet hatte: Der alte Knacker hatte sie im biblischen Sinne begehrt.

Zum Glück war Kimber zur Stelle gewesen, um seinem Vater einen Tritt in den Hintern zu verpassen. Aber nicht dieses Mal. Er hatte ihrer Forderung, mit einem anderen Mann auszugehen, zugestimmt.

Izem verringerte nun den Abstand zwischen ihnen. Er griff nach Cardis Hand und nahm sie in seine Pfote. Seine Hände waren weich und sanft.

Er strich mit seinem Mund über ihre Fingerknöchel. Seine Lippen waren warm und zart. Cardi hielt still und gab sich seinen Zärtlichkeiten hin.

Derartiges war sie nicht gewohnt. Sie war sich nicht sicher, was sie damit anfangen sollte. Sie brauchte nicht lange zu überlegen.

Eine feste Hand umfasste ihren Oberarm. Scharfe Nägel bohrten sich in ihre Haut. Hitze strömte von der breiten Handfläche, die sie gefangen hielt, durch ihre Haut. Ihr wurde abwechselnd heiß und kalt, und ihre Brustwarzen versteifte sich.

Mit nur einer Hand hob Kimber sie hoch und trug sie aus der Löwenhöhle in die kühle Brise des späten Nachmittags. Der leichte Wind konnte die Hitze nicht abkühlen, die von ihrer Brust bis in ihr Innerstes strömte.

Gneiss hatte ihr an ihrem ersten Tag Angst eingejagt. Der Anblick der knorrigen Bestie, die auf sie zugekommen war, hatte ihr Blut zu Eis werden lassen. Aber als sie gesehen hatte, wie sich Kimbers Körper mit gefährlicher Anmut bewegt hatte, während er um sie gekämpft hatte, hatte sich etwas in Cardi entzündet, das seitdem nie wieder erloschen war.

Sie sehnte sich nach seiner Aufmerksamkeit, auch wenn er sie immer missbilligend ansah. Sie sehnte sich nach seinen Worten, auch wenn sie immer mahnend waren. Sie sehnte sich nach seiner Berührung, auch wenn sie stets schmerzhaft war. Sein Griff um ihren Oberarm würde Spuren hinterlassen. Sie konnte es kaum erwarten, diese zu sehen.

Kimber war schweigsam, als er die Löwenhöhle verließ. Aber innerlich war er nicht so ruhig, wie er tat. Seine braunen Augen waren hart wie ein Diamant, ein Zeichen dafür, dass sein Drache nicht zufrieden war.

Ihre Verabredung mit Izem war ihm also nicht so egal, wie er vorhin behauptet hatte. Sie wusste es. Sie wusste, dass er sie wollte. Wenn er es nur endlich zugeben würde, dann könnten sie dieses Spiel beenden, das sie seit ihrer Ankunft spielten.

„Du hast Hausarrest", knurrte Kimber.

Er ließ sie unvermittelt los und trat dann einen Schritt zurück, um Abstand zwischen sie zu bringen. Sofort vermisste Cardi die Rauheit seiner Finger auf ihrer Haut. Kimber arbeitete tagsüber im Bergwerk und schürfte Diamanten, um sein Vermögen zu vergrößern. Diese Arbeit trug auch zum Aufbau seiner Muskeln bei. Er war ein Prachtexemplar von einem Mann, der sie gerade mit funkelndem Blick anstarrte … Moment mal …

Hatte er gesagt, dass sie Hausarrest hatte?

„Du kannst mir keinen Hausarrest geben." Cardi stemmte die Hände in die Hüften. „Ich bin eine erwachsene Frau."

„Hüte deine Zunge, Cardinal."

Kimber wedelte mit einem Finger vor ihrem Gesicht. Cardi musste den Impuls unterdrücken, in diesen Finger, der sie in ihrer weiblichen Ehre beleidigte, zu beißen. Sie hielt sich jedoch nur deswegen zurück, weil das seinen Standpunkt untermauern würde.

Sie war 16 gewesen, als die Walküre Morrigan sie in den Schleier gebracht hatte. Cardi wusste, dass die Zeit im Schleier anders verging als in der Menschenwelt. Aber egal, wie die Zeit verlief, ihre Ankunft lag Jahre zurück. Sie musste jetzt 20 sein, mindestens aber 19 Jahre alt.

„Was hast du dir überhaupt dabei gedacht, in die Löwenhöhle zu gehen?", fragte er.

„Ich wollte Poppy helfen. Sie wollte ursprünglich allein hingehen."

Kimbers jüngerer Bruder Beryl hatte mit einem der Löwen um das Recht kämpfen sollen, die kürzlich eingetroffene weibliche Opfergabe für sich zu beanspruchen. Pech für den Löwen, dass Poppy sich bereits entschieden und Beryl für sich beansprucht hatte, indem sie ihn vergangene Nacht gevögelt und damit ihren Anspruch auf den Drachen erhoben hatte. Poppy hatte gewusst, dass die Jungs kämpfen würden, ungeachtet der Tatsache, dass sie sich bereits entschieden hatte. Und so war sie in die Höhle gegangen, um diesen Kampf zu verhindern.

„Ich wollte Verantwortung übernehmen", sagte Cardi. „Ich habe sie nicht allein hingehen lassen wollen."

Kimber verringerte den Abstand zwischen ihnen. „Verantwortung zu übernehmen hätte bedeutet, es mir zu sagen."

Cardi konnte das Feuer in seinem Atem riechen. Sie spürte das Feuer in seinen Augen. Kraft strahlte von seinen Schultern aus, als er auf sie herabblickte.

Wie immer wich sie nicht zurück. Wut und Verärgerung waren die einzige Art von Aufmerksamkeit, die sie von ihm bekam. Sie strich sich die Haare über die Schulter, schürzte die Lippen und beugte sich vor.

Kimber trat einen Schritt zurück.

Verdammt, was hatte sie nur falsch gemacht? Sie hatte immer wieder die Artikel im *Seventeen Magazine* gelesen, in denen es darum gegangen war, wie man Männer anzog. Vielleicht war es an der Zeit, dass sie zu *Brigitte Woman* oder *Cosmopolitan* wechselte.

Kimber kniff sich in die Nasenwurzel. Das tat er immer bei ihr. Es bedeutete, dass sie ihm auf die Nerven ging. Nun, gut. Sie ging ihm immer noch auf die Nerven. Zeit, an den Schrauben zu drehen.

„Wie auch immer, ich muss mir nun überlegen, was ich für mein Date anziehen soll."

Kimber knirschte mit den Zähnen, aber er erwiderte nichts darauf.

Innerlich jubelte Cardi. Es störte ihn. Was bedeutete, dass es ihm nicht egal war. Was auch bedeutete, dass sie auf jeden Fall zu diesem Date gehen würde. Sie war sich sicher, dass er sie an der Tür aufhalten würde, wenn Izem käme, um sie abzuholen. Oder zumindest das Date unterbrechen und ihr seine Liebe verkünden, bevor das Hauptgericht serviert werden würde.

Vor allem, wenn sie etwas tief Ausgeschnittenes und Freizügiges in Kombination mit dem grellsten Lippenstift aus ihrem Schminkkasten tragen würde. Es war noch nicht vorbei. Sie befanden sich mitten im Spiel. Und sie hatte den Einsatz dieses Spiels gerade erhöht.

Als Nächstes würde Sex mit einem Drachen folgen.

KAPITEL VIER

Kimber streckte die Flügel aus, und der Wind erfasste ihn. Er glitt durch die Luftströmung und sauste durch die Wolken. Die Sonne wärmte seinen Rücken, und die Welt dehnte sich vor ihm aus. Die Menschen hatten recht: In den Wolken herrschte grenzenlose Freiheit. Nie fühlte er sich so frei wie in seiner Drachengestalt. Aber das hatte auch seinen Preis.

„Höher, Kimmy! Schneller!"

Cardi stieß mit ihren Absätzen in seine Rippen. Sie war eine zierliche Frau, sodass der Stoß ihn nicht verletzte. Was wehtat, war das Reißen der Leine, die er um seine Bestie gelegt hatte.

Der Drache riss erneut daran. Weil Kimber beim

Reiten durch die Lüfte seinen Griff gelockert hatte, verlor er die Kontrolle. Sein Drache gehorchte ihr.

Das tat er immer. Wenn er in dieser Gestalt war, hatte das Tier die Zügel in der Hand. Der Drache würde alles tun, um Cardi zu gefallen. Manchmal sogar Dinge, die an Leichtsinn grenzten.

Sie stiegen hinauf, über die Wolkendecke. Hier würde die Luft für ihre menschliche Lunge zu dünn sein. In dieser Höhe könnte sie bei einer starken Böe von seinem Rücken fallen und sich die Knochen brechen.

Cardi spornte ihn mit den Beinen an. Der Drache stieg höher und konzentrierte sich auf die Hitze zwischen ihren Schenkeln. Seine Nasenlöcher blähten sich bei dem intensiven Duft ihrer Lust auf.

Ihr Geruch war wie der einer blühenden Blume, wie von Sonnenstrahlen erwärmter Honig. Der fruchtbare Geruch von umgegrabener Erde. Und der zuckersüße Duft von Cupcakes.

Cardi dachte, der Drache wäre ihr Freund. Sie verstand nicht, dass die Bestie sie auf den Rücken werfen wollte, um sich an ihr zu laben, bis sie mit Drachen-Babys schwanger sein würde.

Während sich der Drache an ihrem Duft ergötzte, nutzte Kimber die Gelegenheit, um wieder die Zügel zu ergreifen. Während Cardi vor Freude jauchzte und sein Drache sich an ihrer Unbeschwertheit erfreute, wickelte Kimber die Leine seines tierischen Selbst um seine Handflächen und hielt es fest.

Er flog tiefer und begann mit dem Abstieg, als das Schloss in Sicht kam. Deren Türme erhoben sich wie die Spitzen des Berges, in den es hineingebaut war. Es war eine Festung, unbezwingbar für jedweden Feind von außen. Er hatte vor, Cardi wieder in den höchsten Turm zu bringen, wo ihr Zimmer war, und die Tür zu verschließen.

Cardi drückte ihre Knie in seine Seiten. Obwohl seine Schuppen dick waren, spürte er, wie ihre Mitte, wo ihre Jungfräulichkeit ruhte, warm wurde. Sie legte ihren Oberkörper auf seinen Rücken und schlang die Arme um seinen Hals. Kimber spürte, wie sich ihre Brüste in seine Schuppen bohrten. Sie seufzte, lange und ermattet. Aber mit einem Ton der Zufriedenheit.

Er glitt mit der Strömung des Windes dahin und verlangsamte seinen Abstieg, um keine holprige Landung hinzulegen.

Als er seine Rückenmuskeln anspannte, mussten sich ihre Knie tiefer in seine Seiten graben. Ihre Brust drückte fester gegen seinen Rücken. Ihre Stirn ruhte an der Schräge seines

Halses, genau dort, wo sich seine Schulterblätter berührten.

Es war ein seltener Moment mit seiner Lieblingsversion von Cardi. Der ruhigen Cardi. Der stillen Cardi. Der sanftmütigen Cardi.

Er schlug noch ein paarmal mit den Flügeln. Aber der Wind hatte ihn bereits verlassen. Der Boden war direkt unter seinen Füßen. Aber anstatt darauf zu landen, schlug er noch ein paarmal mit den Flügeln und flog zu ihrem Balkon.

Durch dessen Fenster sah Kimber, wie es in Cardis Zimmer aussah. Und zwar, als wäre der Tornado aus dem Film *Der Zauberer von Oz* hindurchgeweht. Ihre Kleidung lag auf einem Haufen vor dem Schrank. Halb gegessenes Essen lag auf der Kommode. Der Fernseher war noch eingeschaltet, und auf dem rechteckigen Bildschirm flimmerte schwarz-weißes Rauschen. Er würde mal wieder eine Elfe rufen müssen, die für sie aufräumte.

Cardi ließ sich Zeit, von seinem Rücken zu gleiten. Als sie auf dem Boden landete, drehte sie sich um und starrte ihn an. Kimber konnte nicht zurückstarren. Er war immer noch in seiner Drachengestalt.

Die Bestie würde ihm seinen Körper zurückgeben. Alles, was er tun müsste, war, sich zu verwandeln. Aber das konnte er nicht. Nicht, solange Cardis Blick auf ihn gerichtet war. Ihre Haltung – die Hüfte zur Seite geschoben, den Kopf geneigt, die Augenbrauen hochgezogen – bedeutete ihm, dass sie genau wusste, was sie tat. Sie wusste, dass er sich nicht verwandeln und nackt vor ihr stehen würde.

„Du musst es mir nicht sagen", murmelte sie mit gespielter Reue. „Ich habe Hausarrest."

Kimber wackelte mit dem Kopf, was in seiner Drachengestalt sicherlich komisch aussah. Hatten ihn seine Ohren getäuscht? Hatte Cardi ihr ungebührliches Handeln eingesehen? War sie endlich reif und bereit, ihre Strafe wie eine junge Dame hinzunehmen?

„Oh? Was war das?" Sie legte ihr Ohr an seine Wange und tat so, als ob sie ihn besser hören wollte. Doch sie wusste, dass er in Drachengestalt nicht sprechen konnte. „Hast du gesagt, dass ich keinen Hausarrest habe? Ich darf einen Einkaufsbummel unternehmen, weil ich einem Familienmitglied geholfen habe?"

Kimber schüttelte langsam den Kopf. Er hätte es besser wissen müssen. Cardi würde es nie lernen.

Als sie hierhergekommen war, war sie kein ängstliches Ding gewesen. Sie war genauso laut und rechthaberisch gewesen wie jetzt. Die einzige Person, die sie jemals eingeschüchtert hatte, war sein Vater gewesen.

„Du sagst, ich kann in die Minen gehen und das größte Juwel mitnehmen, das ich finden kann, um damit zu bezahlen? Oh, Kimmy, du bist der Beste!"

Sie schlang die Arme um seinen Hals. Kimber nutzte die Gelegenheit, um wieder seine menschliche Gestalt anzunehmen. Er spürte die Sonne auf seinem Hintern und den Wind an seinen Eiern. Als Cardi sich zurückziehen wollte, hielt er sie an sich gedrückt, damit sie nicht auch seine Kronjuwelen in Anspruch nehmen konnte.

„Du hast Hausarrest", knurrte er. „Du bleibst in deinem Zimmer, bis ich dich entlasse."

Sie sah ihn mit zusammengekniffenen Augen an. Ihre Nasenlöcher blähten sich auf. Wäre sie ein Drache gewesen, wäre er schon längst verbrannt. Der Drache hatte noch Macht über ihn, und Kimbers kostbares Juwel wurde hart wie ein Diamant.

Cardis Lippen öffneten sich. Sie hob ihr Kinn an und entblößte ihren Hals. Ihre Bluse rutschte von ihrer Schulter und enthüllte den Bissabdruck, den er ihr vor all den Jahren verpasst hatte, als er sich das

Recht erkämpft hatte, sie statt seines Vaters zu beanspruchen.

Kimbers Eckzähne wurden länger. Er spürte, wie sich die Haare in seinem Nacken aufstellten. Seine Finger zuckten und kribbelten, weil er eine Haarsträhne von seinem Mal wegstreichen musste. Sein Verstand konzentrierte sich nur auf eines: wie zart dieses Mal war, und dass er sie wieder beißen musste, um seinen Besitzanspruch zu untermauern. Er musste sie auf ihr unordentliches Bett werfen und beenden, was er vor all den Jahren begonnen hatte. Er musste sie für sich beanspruchen.

Meine, brüllte sein Drache in seinen Ohren.

Anstatt sie jedoch zu beißen, anstatt sie aufs Bett zu werfen, stieß Kimber Cardi weg. Sie stolperte, fing sich aber an der Balkontür ab.

Kimber fluchte leise. Und er fluchte erneut, als Cardis Blick an seinem Körper hinabglitt. Er legte schützend eine Hand über seine Männlichkeit. Als das nicht ausreichte, um sich zu bedecken, nahm er seine zweite Hand hinzu.

„Dreh dich um, Cardinal!"

„Warum?" Sie hob das trotzige Kinn, aber ihr Blick blieb auf seinen Händen haften. „Das ist nichts, was ich nicht schon gesehen hätte. Ich frage mich, wie du im Vergleich zu Izem abschneidest.

Sicher wird er nicht zögern, mir seinen bei unserem Date zu zeigen."

„Das reicht!"

Kimber kümmerte es nicht mehr, ob sie ihn nackt sah. Denn von diesem Moment an würde sie nichts anderes mehr sehen als die vier Wände ihres Zimmers. Er marschierte auf sie zu. Als er sie erreicht hatte, hob er sie vom Boden auf und stürmte mit ihr durch die geöffnete Balkontür.

Drinnen angekommen, warf er sie aufs Bett. Ihre Bluse rutschte auf der rechten Seite vollständig herunter und entblößte den oberen Teil ihrer Brust. Kimber konnte ihre cremefarbene Haut sehen.

Er wollte ihr den Fetzen herunterreißen und sehen, welche Farbe ihre Brustwarzen hatten. Er wollte sie übers Knie legen und ihr die Jeans herunterziehen. Ihren blassen Hintern versohlen, bis er so rot sein würde wie ihre Haare.

Er ballte die Fäuste, bis sich diese wahnsinnigen Gedanken in seinem Kopf abgekühlt hatten. Er musste tief einatmen und ein paarmal schlucken, bevor er sprechen konnte. Die ganze Zeit über sah Cardi ihn an, ohne einen Hauch von Angst in ihrem klugen Blick. Dafür aber mit unverhohlenem Verlangen.

„Du hast nicht nur Hausarrest“, sagte er. „Ich nehme dir auch deine Stereoanlage weg.“

Der Ausdruck von Begierde verschwand aus ihrem Gesicht. Ihre Augen leuchteten vor Empörung. „Du kannst mir Madonna nicht wegnehmen!“

„Dein heutiges Verhalten rechtfertigt das.“ Er hob die rechteckige Anlage hoch und hielt sie vor seine steinharte Erektion.

„Du bist nicht mein Vater, Kimber. Du solltest mein Freund sein. Obwohl ich mir nicht sicher bin, ob ich das überhaupt noch will.“

„Ich bin nicht dein Freund, Cardinal. Ich bin für dich verantwortlich.“

„Irrtum“, erwiderte sie und kniete sich auf ihr rosa Bettlaken. „Ich bin erwachsen.“

„Du kannst nicht einmal dein Zimmer sauber halten, geschweige denn auf dich aufpassen.“

„Nun, vielleicht nicht. Aber ich wette, Izem würde sich gerne um mich kümmern. Und zwar nicht nur bezüglich des Aufräumens.“

Kimbers Mund war nicht mehr wässrig. Seine Muskeln zitterten, aber aus einem ganz anderen Grund. Hitze durchströmte seinen Körper und suchte nach einem Ventil. Heißer Dampf entwich, als er befahl: „Du verlässt diesen Raum erst wieder, wenn ich dir die Erlaubnis gebe!“

„Ich will dich nie wieder sehen!" Sie warf ihm ein Plüschtier an den Kopf und verfehlte ihn. „Hau ab!"

Bevor sie nach einem weiteren Stofftier am Fußende ihres Bettes greifen konnte, tat Kimber, was sie verlangte. Er machte auf dem Absatz kehrt und verließ das Zimmer. Bevor er den Flur hinunterstürmte, drehte er den Schlüssel in der Tür um und sperrte sie ein – und damit seinen Drachen von ihr weg. Es war nur zum Besten aller Beteiligten.

KAPITEL FÜNF

Cardi kletterte aus dem Fenster, keine fünf Minuten, nachdem Kimber ihr Zimmer verlassen und sie darin eingeschlossen hatte. Es war ein Kinderspiel. Sie schlich sich raus, seit sie acht Jahre alt war. Damals hatte sie ebenfalls im obersten Stockwerk ihr Zimmer gehabt, in der Villa ihres Vaters. Aber auf dem Grundstück hatte es viele Bäume gegeben.

Sie war es leid gewesen, jeden Tag in ihrem Zimmer eingesperrt zu sein. Seit ihrer Geburt war sie krank gewesen. Bei ihr war alles diagnostiziert worden – von Krebs über Sichelzellenanämie bis hin zu Mukoviszidose.

Sie war nie todkrank gewesen, nur unleidig und unruhig. Als ob ein Feuer in ihr gebrannt hätte, das sich aus ihr hatte befreien wollen. Als sie in diese Welt jenseits des Schleiers gekommen war, hatte alles einen Sinn ergeben. Sie hatte das Gefühl gehabt, befreit worden zu sein.

Außer, wenn es um Kimber ging.

Dieser Mann wollte sie gefangen halten. Es gab Zeiten, in denen sie die Unterdrückung durch ihren Vater diesem Leben vorzöge. Aber ihr Vater war tot, oder zumindest halbtot in Walhalla, wo die Walküren ihn und weitere Bösewichte für ihre Verbrechen endlos folterten.

Sie trauerte nicht um ihn. Cardi hatte gewusst, dass er ein schlechter Mensch war, sobald sie hatte lesen können. Sein Name hatte immer ganz groß in den Morgenzeitungen gestanden.

Sie schlich um die Rückseite des Schlosses herum und ging ins Bergwerk. Dort suchte sie sich nicht den größten Diamanten aus, aber sie nahm zumindest einen halbwegs Ansehnlichen. Sie blieb kurz stehen und bewunderte dessen Funkeln. Sie würde sich niemals an dem Glanz und der Pracht von Juwelen sattsehen können. Keiner Frau würde das Herz nicht bis zum Hals schlagen, wenn sie einen Blick in eine Diamantenmine werfen könnte.

Draußen angekommen, ließ sich Cardi Zeit auf ihrem Weg, der nur von wenigen benutzt wurde. Er führte zu einer Stelle des Landes, an der sich zwei der furchterregendsten Raubtiere begegneten: die Drachen und die Walküren. Zum Portal des Schleiers.

Als sie sich das erste Mal so nahe herangewagt hatte, hatte Cardi erwartet, ein schimmerndes Stück Stoff zu sehen. Doch sie war enttäuscht worden. Der Schleier zwischen den Welten war unsichtbar. Es gab keine Linie im Boden, keine Umrisse in der Luft.

Sie spürte lediglich, dass das Portal da war. Die Luft veränderte sich, wurde dichter. Es fühlte sich an, als würde sie sich erkälten. Ein Taubheitsgefühl erfasste ihre Finger und Zehen. Ein Kratzen machte sich in ihrer Kehle bemerkbar. Ein Pochen setzte direkt hinter ihrem rechten Ohr ein.

Sie wusste, dass sie wieder durch den Schleier gehen könnte. Mit diesem Diamanten in der Hand wäre sie für den Rest ihres Lebens versorgt. Leider würde ihr Leben nicht besonders lange andauern.

Das Feuer in ihrem Blut ließ sie hier, innerhalb des Schleiers, aufblühen. Es würde ihr zum Verhängnis werden, wenn sie den Schleier überschritte. Wenn sie in die Menschenwelt zurückkehrte, würden ihre alten Leiden ihre neu gewonnene Kraft und Vitalität versiegen lassen.

Also trat sie ein paar Schritte von der Grenze des Schleiers zurück und wartete.

Außerdem wollte sie gar nicht zurückgehen. Sie liebte ihr Leben hier. Sie hatte ein Schloss. Sie hatte Drachen, die ihr zu Füßen lagen. Sie konnte alles haben, was sie wollte, denn Kimbers Drache würde ihr nichts verwehren. Nur schade, dass der Drache ihr das Einzige, was sie wirklich wollte, nicht geben konnte.

Cardi wollte Kimber. Sie wollte, dass er sie küsste. Sie wollte, dass er sie festhielte. Sie wollte, dass er mit ihr Liebe machte.

Verdammt, es würde schon reichen, wenn er ihr Aufmerksamkeit schenkte. Vielleicht sogar mit einem Lächeln. Auch ein „Braves Mädchen" würde nicht schaden.

Aber nein. Seit sie hier war, hatte er sie immer nur böse angeschaut. Und ihr gesagt, sie solle sich hinsetzen, still sein, nicht so laut reden.

Sie fragte sich, warum er sich die Mühe gemacht hatte, sie vor seinem Vater zu retten, wenn er sie nicht wollte. Das war das Schlimmste. Ungewollt zu sein. So hatte sie damals gelebt, auf der anderen Seite, mit ihrem Vater.

„Wenn das mal nicht Cardinal Sin ist …"

„Hey, Morri!"

Morrigan hüpfte vom Rücken ihres Drachen herunter. Ihre blauen Zöpfe wirbelten um ihren Kopf herum, sodass man ihre spitzen Ohren sehen konnte. Ihre mandelförmigen Augen mit den langen, dunklen Wimpern brauchten keinen Eyeliner. Die Lippen der Walküre waren von Natur aus rot. Morrigan hob die Hand und wischte sich einen Tropfen blutroter Flüssigkeit vom Mundwinkel.

Cardi wagte es nicht zu fragen, ob es Blut war. Denn sie kannte die Antwort bereits. Das gedämpfte Stöhnen aus dem Sack auf dem Rücken des Drachen war Antwort genug.

„Wen hast du da?", fragte Cardi.

„Ach, nur den Präsidenten eines kleinen Landes".

Morrigans Blick wanderte zu dem Diamanten, den Cardi in der Hand hielt. „Wieder Ärger mit deinem kaltherzigen Drachen?"

„Kimber ist nicht kaltherzig." Das war er nicht. Es gab Zeiten, in denen er geradezu liebenswert sein konnte. Aber das war meistens nur der Fall, wenn er in seiner Drachengestalt war.

„Ich weiß auch nicht, Süße." Morrigan ließ sich neben Cardi auf die Erde plumpsen. „Diese Eidechse hatte jahrelang Zeit, es mit dir zu treiben, und er hat es nicht getan. Ich habe in einem der *Cosmo*-Magazine gelesen, dass ein Mann, der sich nicht innerhalb von drei Monaten binden kann, es nie tun wird."

Morri zog ein Hochglanzmagazin aus ihrer Tasche.

„Kann ich die *Cosmo* sehen?"

„Seit du hier bist, liest du nur das *Seventeen Magazine*", erwiderte Morri. „Bist du sicher, dass du bereit für die *Cosmopolitan* bist?"

Cardi streckte die Hand aus. Morri zog die Zeitschrift im letzten Moment weg. Aber schließlich legte sie sie in Cardis ausgestreckte Hand.

Diese blätterte durch die Seiten, bis sie fand, was sie suchte. Ein Quiz mit dem Titel *Solltest du mit ihm Schluss machen?* Schon die erste Frage ließ Cardi aufhorchen.

Wie oft streitet ihr miteinander?

Dieses Quiz wurde von da an immer schlimmer.

Hast du das Gefühl, dass ihr euch auf unterschiedlichen Planeten befindet?

Habt ihr selten Sex?

Hoffst du immer noch, dass dein Partner sich ändern wird?

„Nun, zumindest diese Frage kannst du mit einem Nein beantworten." Morrigan nahm ihr die

Zeitschrift wieder ab. *„Denkst du manchmal daran, mit anderen Männern auszugehen?"*

Cardi biss sich auf die Lippe.

„Warte mal, hast du daran gedacht? Oh, Babe. Damit sind alle deine Antworten in der linken Spalte."

Das Fazit der linken Spalte lautete, ihn abzuservieren. Es handelte sich um die *Cosmo*. Die Bibel der Frauen. Sie verkündete stets die Wahrheit.

„Meinst du, ich sollte ihn abservieren?", fragte Cardi.

„Willst du ihn denn abservieren?" Morrigan wich offenbar einer Antwort aus.

„Izem hat mich um ein Date gebeten. Ein richtiges Date."

„Von schuppig zu goldhaarig, interessant."

„Meinst du, ich sollte es annehmen?"

„Willst du das denn?"

„Würdest du mir bitte antworten, anstatt mir eine weitere Frage zu stellen?"

„Nein."

„Nein? Nein, du wirst meine Fragen nicht beantworten? Oder nein, ich soll ihn abservieren?"

„Genau", erwiderte Morrigan. „Ich muss zurück nach Walhalla. Vergangene Woche haben dein Vater und dein Großvater versucht, ein neues Schneeball-system zu starten."

Das war das Ponzi-Schema. Ein Kribbeln lief Cardi über den Rücken, als Morrigan die Machen-schaften ihrer Familie erwähnte. Vielleicht war das die Antwort.

Ihre Familie hatte ihr Geld mit betrügerischen Hedgefonds verdient, die nicht real gewesen waren. Vielleicht musste sie bei Kimber einfach den Einsatz erhöhen. Vielleicht musste sie ihm ein Ultimatum stellen, ihm eine falsche Entscheidung anbieten, damit er die Richtige traf.

„Leona hat über den Kristall angerufen", sagte Corun.

Er betrat Kimbers Arbeitszimmer, schaute jedoch nach unten, nicht geradeaus. Sein Blick war auf ein glänzend bedrucktes Papier mit schwarzen und weißen Flecken gerichtet. Es zeigte die Babys im Bauch seiner Gefährtin und war eine so genannte Ultraschall-Aufnahme. Corun machte täglich Bilder, um das Wachstum der Welpen und Chryssies Gesundheitszustand zu überprüfen. Seine Aufmerksamkeitsspanne war also nicht mehr das, was sie einmal war.

„Ist Leona immer noch dran?", fragte Kimber.

„Nein, sie hat aufgelegt. Aber sie hat eine Nachricht hinterlassen."

Kimber wartete eine ganze Minute, erhielt jedoch keine weiteren Informationen. Also fragte er nach: „Und was für eine?"

„Hmm?" Corun sah endlich auf. „Oh. Sie sagte, die Wölfe und Bären seien an Bord."

„Leona hat die Bären geweckt?", fragte Ilia.

Corun wäre fast mit ihrem jüngeren Bruder zusammengestoßen, als auch er Kimbers Arbeitszimmer betrat.

Drachen wurden normalerweise paarweise geboren, und zwar als das, was Menschen zweieiige Zwillinge nennen. Ilia war ein seltener Dritter, was ihn zum Zwerg seines Weyrs gemacht hatte. Er war als Letzter geboren worden und damit kleiner als die anderen Jungtiere gewesen.

„Wir waren uns alle einig, dass ich der Nächste sein würde, der eine Opfergabe bekommen sollte", sagte Ilia. „Jetzt muss ich gegen Löwen, Wölfe und Bären kämpfen, um das Recht auf eine Frau zu bekommen?"

„Es wird keine Kämpfe mehr geben", verkündete Kimber.

„Wie wird es dann entschieden werden? Wer das größte Vermögen hat? Wenn ja, werde ich sicher gewinnen."

Im Laufe der Jahrtausende hatten die Drachen

aufgrund ihres Reichtums den größten Teil der Opfergaben erhalten. Diejenigen für die Bären und die Wölfe waren aufgrund der Edelsteine, die die Drachen abbauten, ebenfalls ihnen zugesprochen worden. Früher hatten die Menschen für die Übergabe ihrer Töchter bezahlt werden wollen. Bären, Löwen und Wölfe hatten kaum oder gar keinen Zugang zu Edelsteinen.

„Von nun an wird es fair und gewaltfrei zugehen", sagte Kimber.

„Fair wäre es, die Regeln nicht zu ändern, bevor ich an der Reihe war." Ilia blähte die Brust auf. Dampf stieg aus seinen Nasenlöchern. Seine Augen leuchteten.

„Ilia, bändige deine Bestie!"

„Was kümmert es dich, was ich tue? Ich zähle doch gar nicht, oder?"

Kimber schloss die Augen und machte sich auf ein weiteres Zitat von Ilia gefasst. Und zwar von John Bender aus dem Film *Breakfast Club – Der Frühstücksclub*, um genau zu sein.

„Ich könnte für immer verschwinden und es würde keinen Unterschied machen. Ich könnte genauso gut gar nicht an dieser Schule sein, denk daran."

„Ilia …"

Aber er war schon aus dem Arbeitszimmer gestürmt. Toll, noch ein erwachsenes Kind in Kimbers Obhut, das ständig Wutanfälle bekam. Genau das, was er jetzt brauchte.

„Das Treffen wird nach dem nächsten Vollmond stattfinden", sagte Corun und blickte immer noch auf das Ultraschall-Bild hinunter, als hätte er Ilias Wutanfall nicht bemerkt. Wahrscheinlich hatte er dem jüngeren Drachen keinerlei Aufmerksamkeit geschenkt.

Der nächste Vollmond würde in ein paar Tagen sein, sodass Kimber nur wenig Zeit hatte, um eine Strategie zu entwickeln. Diplomatie war für Gestaltwandler nicht selbstverständlich. Das war wahrscheinlich der Hauptgrund dafür, dass es nur noch einen Bärenclan, ein Wolfsrudel, eine Löwenhöhle und einen Drachen-Weyr gab. Sie alle waren die Letzten ihrer Art.

Aber diese neue Generation von Wandlern hatte eine andere Einstellung. Zumindest hoffte Kimber das. Und er hoffte, dass er sie alle dazu würde bringen können, sich zu einigen. Wenn ihm das gelänge, könnten sie den Walküren gegenüber geschlossen auftreten und das Reiseverbot jenseits des Schleiers aufheben lassen.

Es gab noch viel zu tun, und er musste sich nun

konzentrieren. Als er jedoch aufblickte, stand ein kurviger, rothaariger Tornado in seiner Tür.

Ihre Haare sah aus, als wären sie vom Wind zerzaust worden. Ihre Wangen waren gerötet. Ihre rosigen Lippen waren leicht geöffnet, und sie leckte sich über die Unterlippe.

Der Drache ließ Kimbers Lenden kribbeln. Kimber schloss die Augen, um diese Empfindung zu vertreiben. Er hatte stets Angst davor, dass der Drache sich aus seiner Haut stürzen und sie bespringen würde. Bislang war das nicht passiert. Aber es könnte …

„Dürfte ich bitte mit dir sprechen?"

Ihr Ton verschlug ihm die Sprache. Er war höflich. Cardi hatte gefragt und nicht gefordert. Und sie hatte Manieren an den Tag gelegt.

Mit weit aufgerissenen Augen starrte Kimber sie an. Was war hier los? War sie krank? War sie verletzt?

Nein. Sie stand in der Tür zu seinem Arbeitszimmer, obwohl sie eigentlich Hausarrest haben sollte. Sie sah nicht im Geringsten zerknirscht aus.

„Was gibt's?", bellte er.

Sie reagierte nicht auf seinen schroffen Ton. An diesen war sie bereits seit Langem gewohnt. Er wünschte, er könnte sanft mit ihr umgehen. Aber er wusste, dass jeder Anflug von Schwäche ausgenutzt werden würde. Er hatte von ihrer Familie gehört. Morrigan hatte ihm ein Pergament über ihren Großvater Charles Ponzi und seine Machenschaften gezeigt, die unzählige Menschen in den Ruin getrieben hatten. Ihr Vater hatte sie ignoriert, aber auch seine Machenschaften hatten Unschuldigen Schaden zugefügt, und er hatte sich bald seinem Vater in Walhalla anschließen müssen.

„Du hast eigentlich Hausarrest", sagte Kimber.

Cardi ignorierte seine Aussage, trat näher an seinen Schreibtisch heran und ging um diesen herum. Anstatt sich einen Stuhl zu nehmen, hockte sie sich auf die Kante. Sie kreuzte ihre langen Beine vor ihm, und ihre offenen Schuhe baumelten in der Nähe seines Schritts.

„Ich habe eine Entscheidung getroffen", hob sie an. „Ich finde, wir sollten mit anderen Leuten ausgehen."

Kimber blieb der Mund offenstehen. Ihm fehlten die Worte. Er war froh, dass er saß, denn sie hatte ihm den Wind aus den Segeln genommen.

„Mir ist klargeworden, dass du noch nicht bereit bist, eine feste Beziehung einzugehen. Wenn und solange du nicht bereit bist, würde ich gerne andere Möglichkeiten ausloten."

„Andere Möglichkeiten ausloten?" Oh, da war sie ja wieder, seine Stimme. Und er schaffte es auch, aufzustehen und Cardi dadurch zu überragen. „Du meinst diese flauschige Witzfigur von einem Löwen?"

Cardi atmete ein und erwiderte dann langsam und sachlich: „Ja. Ich interessiere mich für Izem. Außerdem für Turin, den Bärenalpha, und für Konan von den Wölfen."

„Turin und Konan."

„Ich verstehe nicht, warum du dich so aufregst, Kimber. Du bist mir gegenüber in keinster Weise verpflichtet. Du kannst diese Zeit ebenfalls nutzen, um mit anderen Frauen auszugehen. Wenn du das willst."

Mit anderen Frauen? Er wollte keine andere. Er hatte nie an eine andere gedacht. Sie war seine Gefährtin. Sie musste nur noch reif werden. Und an dem Funkeln in ihren Augen erkannte er, dass sie das noch nicht war.

Das war ein Trick. Keine Frage. Mit dieser Erkenntnis wurde sein Atem gleichmäßiger und seine Krallen zogen sich zurück.

„Vielleicht hast du recht", erwiderte er.

„Wirklich?" Ihre Selbstsicherheit wankte. Sie räusperte sich. „Du findest, ich habe recht?"

Es stimmte also. Das hier war lediglich ein weiterer Manipulationsversuch. Würde sie nie damit aufhören? „Eine Pause voneinander klingt nach einer guten Idee."

Nein, es klang wie die perfekte Idee. Er hatte eine Menge zu tun mit dem bevorstehenden Abkommen. Er hatte keine Zeit, diese Spielchen mit ihr zu spielen. Sie sollte schmoren und innerlich toben, während er seine wichtige Arbeit erledigte.

Er brauchte etwas Abstand von ihr. Aber er hatte nicht die Absicht, einen anderen Mann in ihre Nähe zu lassen. Sie war nicht bereit, beansprucht zu werden.

„Beryl und Poppy fahren auf Hochzeitsreise durch den Schleier", sagte er. „Ich finde, du solltest mitfahren."

Das war der perfekte Plan. So würde sie ihm nicht in die Quere kommen, und er könnte sich auf die Verhandlungen vorbereiten. Und es würde andere Männchen davon abhalten, um sie herumzuscharwenzeln. Er musste nur Beryl davon überzeugen, sie mitkommen zu lassen.

„Ich werde nicht mit Beryl und Poppy in deren Flitterwochen mitfahren", erwiderte sie. „Ich glaube, es wäre besser, wenn ich ausziehe."

KAPITEL SIEBEN

„*D*u wirst was?"

„Du hast mich schon verstanden", schnaufte Cardi, während sie einen Haufen Kleider zusammenknüllte und in ihren regenbogenfarbenen Koffer stopfte. „Ich ziehe aus."

Poppy und Chryssie warfen einander einen besorgten Blick zu. Cardi ignorierte sie, während sie ihre Madonna-LPs ganz unten in ihren Koffer stapelte.

„Cardi, du bist nur aufgewühlt", beruhigte Chryssie sie in einem mütterlichen Ton, obwohl sie erst im zweiten Monat schwanger war. Aber ihr Bauch war bereits so rund, dass jeder sehen konnte, dass sie bald Mutter sein würde. Schließlich wuchsen darin zwei Baby-Drachen heran, und die ließen sich keine Zeit.

„Ohne Scheiß, Sherlock." Cardi schnappte sich Batterien für ihren Walkman.

Chryssie runzelte die Stirn und hob eine Augenbraue, wie es eine Mutter tat, wenn man vor ihren Kindern Schimpfwörter ausstieß, auch wenn ihre Küken das nicht hören konnten. Oder zumindest nahm Cardi an, dass sie es nicht hören konnten. Sie glaubte sich zu erinnern, dass Elek ihr erzählt hatte, er habe seine Mutter singen gehört, als er in ihrem Bauch gewesen war. Wenn das stimmen sollte, dann würde Tante Cardi in der Nähe von Chryssies aufnahmefähigem Nachwuchs mehr fluchen müssen.

„Ich finde nur, du solltest keine so überstürzte Entscheidung treffen", sagte Chryssie.

„Das ist nicht überstürzt", erwiderte Cardi. „Ich habe den ganzen Tag darüber nachgedacht."

Wieder tauschten Chryssie und Poppy einen Blick aus. Beide Frauen waren nach menschlichen Maßstäben älter als Cardi. Aber Cardi war nach menschlicher Zeitrechnung seit 30 Jahren im Schleier. Dementsprechend war Cardi die Älteste im Raum. Aber niemand behandelte sie mit dem Respekt, den sie verdiente.

Sie stopfte ihre Puppen in ihren Koffer. Sie wollte nicht, dass Beryl wieder mit ihnen *GLOW, the Glorious Ladies of Wrestling* spielte. Die Puppen mit Paillettenkostümen und bunten Haaren waren Rockstars, keine Wrestlerinnen.

Sie packte auch ihre Plüschtier-Welpen ein. Sie hatte sie kurz nach ihrer Ankunft bekommen, da Kimber ihr keinen Hund im Schloss gestattet hatte. Und sie packte ihre Pony-Sammlung ein, da er ihr auch kein Einhorn hatte fangen wollen.

Allein der Gedanke an all das, was Kimber ihr verweigert hatte, brachte sie wieder in Rage. Sie hatte ihm die besten Jahre ihres Lebens geschenkt, und er hatte nicht ein einziges Mal versucht, sie zu küssen oder zu betatschen, wie es jeder andere Mann getan hätte. Alles nur, weil er dachte, sie wäre noch ein Kind und unreif. Pah, sie würde es ihm zeigen!

Sie machte den Reißverschluss ihres Koffers so gut es ging zu und warf ihn sich über die Schulter. Er war schwer, und sie fragte sich, wie sie mit dieser Last den ganzen Weg in die Stadt laufen sollte.

„Cardi, warum kommst du nicht mit mir und Beryl auf unsere Hochzeitsreise mit?", bot Poppy an.

„Oh Gott, nein. Ihr zwei seid hier schon laut genug. Ich schlafe nicht im Zimmer neben euch, während ihr euch nachts, morgens und nachmittags gegenseitig das Hirn herausvögelt."

„Das ist doch verrückt, Cardi." In Chryssies Stimme lag ein Hauch von Verärgerung. Sie ließ sich auf Cardis unordentliches, ungemachtes Bett plumpsen. Ihre Hand wanderte zu ihrem gewölbten Bauch. „Was willst du denn da draußen machen?"

„Es ist nicht verrückt", zischte Cardi.

Chryssie hob eine Augenbraue. Sie fühlte sich irgendwie überlegen. Und warum? Weil sie gebissen, beansprucht und geschwängert worden war, und das alles innerhalb weniger Tage nach ihrer Ankunft. Und Cardi war noch nicht einmal von dem Mann geküsst worden, der eigentlich ihr Gefährte sein sollte.

„Du weißt, dass es da draußen nicht wie in unserer Welt ist", sagte Chryssie. „Hier gibt es keine Hotels. Wo willst du denn übernachten? Draußen in den Wäldern?"

„Ich komme schon klar." Cardi machte einen Schritt auf die Tür zu, und ihr Teddybär fiel auf den Boden. Sie bückte sich, um das gelbe Plüschtier wieder in ihren Koffer zu stopfen. „Ich schicke dir meine Adresse, falls du mir schreiben willst."

Chryssie seufzte, sah aber zu erschöpft aus, um noch etwas sagen. Cardi hatte diese Wirkung auf

Menschen. Die hatte sie ihr ganzes Leben lang gehabt.

Ihr Vater war immer genervt von ihr gewesen. Kimber hatte fast nie Zeit für sie. Die Einzigen, die sich für sie Zeit nahmen, waren die Drillinge und Elek. Sie würde sie vermissen. Aber sie musste jetzt ihren eigenen Weg gehen. Wie sonst sollte sie Kimber zeigen, was für eine tolle Erwachsene sie sein konnte?

„Brauchst du Hilfe?" Elek löste sich aus den Schatten des Flurs.

Es wäre nicht verkehrt, wenn er ihr beim Tragen des Koffers helfen würde. Ihre Unabhängigkeit würde beginnen, wenn sie in der Stadt ankäme. Sie würde Grimmald, den Besitzer des *God's Teet* überzeugen, ihr einen Job zu geben – und eine Unterkunft. Und etwas zu essen.

Ha, sie hatte also wirklich einen Plan!

KAPITEL ACHT

Kimber beobachtete, wie Cardi auf Eleks Rücken in Richtung der Stadt davonflog. Sie hatte einen Koffer an ihre Brust gedrückt. Wahrscheinlich war er leer oder mit unnötigen Dingen vollgestopft. Er wünschte, er müsste ihre Eskapaden nicht ertragen. Wahrscheinlich würde er sie heute Abend aus dem Wald holen müssen.

Vielleicht würde er sie bis Mitternacht dort schmoren lassen, bis die Megas auftauchten. Diese Rieseninsekten waren die Vorläufer der Libellen. Allerdings deutlich größer. Sie waren keine Blutsauger, aber sie mochten den Geschmack von Schweiß und landeten gerne auf der Leute Rücken und leckten an deren Hals. Eine äußerst unangenehme Erfahrung.

Allein der Gedanke, dass Cardi sich mit einem der großen Käfer würde herumschlagen müssen, führte dazu, dass sich Kimbers Drache in seinem Inneren wand. Cardi wollte, dass er sie für sich beanspruchte, aber sie hatte keine Ahnung, was seine Bestie mit ihr anstellen würde, wenn sie sie jemals in die Finger bekäme.

Kimber hatte die Kontrolle über seine Bestie inne, aber nur, weil der Drache sich als gepaart betrachtete. Anfangs, als er seinen Vater besiegt hatte und Cardi in seine Obhut gekommen war, waren sich Mensch und Tier einig gewesen. Sie hatten Cardi nur beschützen wollen. Aber mit jedem Tag, der vergangen war, hatte die Bestie mehr und mehr gedrängt, dass es an der Zeit sei, ihre Gefährtin so zu beanspruchen, wie ein Mann eine erwachsene Frau beanspruchen würde.

Der Drache in ihm hatte keine gute Menschenkenntnis. Er konnte nicht erkennen, dass die Frau, die er wollte, immer noch ein Mädchen war. Eine verwöhnte Göre, die ihn weiterhin manipulierte. Cardi musste lernen, wo ihr Platz war – und der befand sich sicher nicht auf einem sonstwie gearteten Thron. Sollte sie sich doch von einem Riesenkäfer den Hals ablecken lassen. Er würde sie holen, wenn er mit seiner Arbeit fertig sein würde.

„Turin ruft über den Kristall an."

Kimber stöhnte, als er aufstand und zum Kristall-Kommunikationssystem ging. Er musste die Gedanken an Cardi beiseiteschieben und sein Pokerface aufsetzen. Das war ein Ausdruck, den sie ihm beigebracht hatte.

Er musste eine Maske aufsetzen. Führung hatte auch etwas mit Manipulation zu tun. Er musste herausfinden, was jede Partei wollte, damit er sie dazu bringen könnte, sich zu einigen.

Der dringlichste *Wunsch* aller war klar. Sie wollten Zugang zu weiblichen Menschen, um sich fortzupflanzen. Es war das *Wie*, das schwierig werden würde.

Die Drachen hatten im Tausch gegen Edelsteine wieder Zugang zu Opfergaben erhalten. Löwen, Bären und Wölfe hatten jedoch so gut wie keine Juwelen. Aber Kimber musste sicherstellen, dass sie nicht wieder Kämpfe anzetteln würden, um den Drachen ihre Partnerinnen wegzunehmen. Er musste außerdem sicherstellen, dass auch seine drei verbliebenen Brüder eine Gefährtin erhielten. Zwei, wenn Rhoyl sich nicht in seine menschliche Gestalt zurückverwandeln wollen oder können sollte.

„Es gibt nur einen Grund, wegen dem ich aus meinem Winterschlaf erwachen würde, und der ist nicht deine hässliche Visage."

Kimber grinste bei Turins Anblick in den Kristallen. Der Bart des Mannes nahm mehr als die Hälfte seines Gesichts ein. Dunkle, lockige Strähnen fielen ihm in die Augen und verdeckten die andere Hälfte.

Kimber hatte den Bären immer gemocht. Er war sachlich wie Kimber, denn er war der Älteste seines Clans. Die Last, die auf den Schultern des ältesten Sohns lag, war schwer. Die Löwen wussten das nicht, da sie alle noch an den Rockzipfeln ihrer Mutter hingen.

„Turin, danke, dass du so früh aufgestanden bist und meinen Anruf entgegengenommen hast", hob Kimber an. „Aus Respekt vor deiner kostbaren Zeit komme ich gleich zur Sache. Ich denke, es ist an der Zeit, dass wir uns mit dem Thema Gefährtinnen befassen."

Turin nickte mit seinem großen, haarigen Schädel. „Das ist ein guter Grund zum Aufwachen. Wie willst du die Entscheidung der Walküren rückgängig machen? Vor allem, da keiner der Bären daran schuld war."

Der Kriegshammer der Walküren war niedergegangen, als eine ihrer Schwestern mit einem Drachen durchgebrannt war. Davor hatten Bären das Portal des Schleiers durchqueren können, wenn sie wach gewesen waren. Wölfe hatten während des Vollmonds Zugang erhalten. Auch Löwinnen hatten hindurchgehen können. Alle – außer den Drachen.

Lediglich die Drachen konnten in der jenseitigen Welt nicht überleben. Aber die Strafe war über alle verhängt worden. Diese Entscheidung war eine Führungsschwäche von Hilda gewesen, der ältesten Walküre.

Bestrafungen sollten immer schnell erfolgen und nur diejenigen betreffen, die den Fehler begangen hatten. Alle zu bestrafen, führte nur zu Unmut und verursachte später Probleme. Probleme, die jetzt, da alle verbliebenen Wandler volljährig geworden waren und Partnerinnen brauchten, sichtbar waren.

„Wir müssen uns treffen und über diese Angelegenheit sprechen", sagte Kimber.

„Wir?", fragte Turin.

„Die Drachen. Die Bären. Die Wölfe. Und … die Löwen."

Turin stieß einen scharfen Atemzug aus. „Ich gehe gleich zurück in meine Höhle, um weiter zu schlummern. Löwen, im Ernst? Glaubst du wirklich, dass Leona fair spielt, wenn es um ihre Jungen geht?"

„Sie hat bereits zugestimmt. Kannst du in ein paar Tagen da sein?"

Turin strich sich über den Bart und dachte nach. Dann erwiderte er: „Ja. Soll ich ein Geschenk für Cardi mitbringen?"

„Nein."

Turins buschige Brauen hoben sich. Wahrscheinlich wegen der Vehemenz, mit der Kimber seine Antwort ausgesprochen hatte. Als Cardi zum ersten Mal in dieses Reich gekommen war und die anderen Wandler Kimbers Anspruch anerkannt hatten, hatten sie sie mit Geschenken und Schmuckstücken überhäuft. Sie war ein Novum gewesen, die letzte Opfergabe. Es beruhigte ihre Bestien, in ihrer Nähe zu sein. Aber momentan, angesichts dieser Situation und ihres Verhaltens, war das Letzte, was sie brauchte, weitere Geschenke.

„Cardi befindet sich in einem Prozess, den die Menschen Frühjahrsputz nennen", erklärte Kimber. „Sie entledigt sich der Dinge, die ihr gehören. Es ist nicht nötig, ihr noch mehr zu bringen."

Turin nickte. „Ich bringe etwas Honig und Lachs für eine Mahlzeit mit."

„Das wäre sehr willkommen."

„Bei deinem vehementen Tonfall könnte man meinen, sie sei schwanger."

Kimber verschluckte sich fast bei dem Gedanken. Es war einst sein schlimmster Albtraum gewesen, dass sie mit seinen Welpen schwanger geworden wäre und deren Geburt ihr Tod bedeutet hätte. Aber jetzt, da er wusste, dass sie Feuer im Blut hatte, war das kein Problem mehr. Wie Chryssie und Poppy würde auch Cardi eine Drachengeburt überleben. Zumindest hatten die Walküren ihnen das gesagt.

„Sie ist also schwanger?"

„Nein", erwiderte Kimber.

„Aber du hast sie endlich für dich beansprucht?"

Warum waren alle immer gegen ihn? Konnte außer ihm niemand sehen, dass sie noch ein Kind war?

„Vielleicht sollten wir nicht mehr über meine Beziehung reden", sagte Kimber, „sondern uns lieber damit beschäftigen, wie wir dir eine verschaffen können."

Turin nickte. „Ist mir recht. Ich werde mich in ein paar Tagen auf den Weg zu dir machen. Vorher brauche ich noch ein kleines Nickerchen."

Sie verabschiedeten sich und kappten die Verbindung der Kristalle. Kimber lehnte sich mit dem Rücken gegen die Wand und war plötzlich ganz erschöpft. Er wusste, dass er Cardi eines Tages würde beanspruchen müssen. Sein Drache verlangte das. Wenigstens konnte er es bei all der Arbeit, die dieses Abkommen erforderte, noch ein wenig hinausschieben.

Er stieg die Treppe hinauf, als die Sonne unterzugehen begann. Am Himmel sah er einen goldbraunen Drachen auf die Burg zufliegen. Elek war zurückgekehrt. Ohne Cardi.

„Wo hast du sie hingebracht?", fragte Kimber in dem Moment, als Elek wieder seine menschliche Gestalt angenommen hatte.

„Sie hat mich gebeten, dir nichts zu sagen."

„Elek."

„Sie hat mich auf ihr Spielzeug-Pony schwören lassen. Du würdest nicht wollen, dass ich diesen Schwur breche."

Verdammt seien diese Schwüre auf irgendwelche nichtigen Dinge! Cardi hatte alle seine Brüder dazu gebracht zu glauben, dass ein Schwur auf eines ihrer Plüschtiere oder sonst etwas nicht gebrochen werden durfte.

„Mach dir keine Sorgen", sagte Elek. „Sie ist in Sicherheit. Sie hat ein Dach über dem Kopf und etwas zu essen."

Sie war also nicht im Wald bei den Megas? Wo war sie dann? Ein Schauer lief Kimber den Rücken hinunter. „Ist sie zurück in die Löwenhöhle gegangen, um bei Izem zu sein?"

„Nein. Sie ist in der Stadt."

„In der Stadt?"

„Oh nein!", rief Elek aus und verzog das Gesichts. „Ich habe den Schwur gebrochen! Jetzt wird mir der Himmel auf den Kopf fallen."

Sie war nicht im Wald. Sie war nicht in Leonas Höhle. Es gab nur einen Ort in der Stadt, an dem sie ein Dach über dem Kopf haben würde.

Was für ein Spiel trieb sie da?

„Hier ist dein Amaryllis-Tonic und dein Velociraptor-Burger, gut durchgebraten."

Obwohl der Dino-Burger tatsächlich gut durchgebraten war, quoll ein Klecks Rot an den Rändern hervor. Ketchup gab es im Schleier nicht. Das war also Dino-Blut, um dem gekochten Fleisch mehr Geschmack zu verleihen. Cardi urteilte nicht darüber. Sie war hier nur die Kellnerin.

Cardi verbeugte sich leicht, als sie den Teller auf den Tisch stellte, wie sie es im Fernsehen gesehen hatte. Kellnerin zu sein, war ihr immer so glamourös erschienen. Im wirklichen Leben erwies es sich als ein Riesenspaß.

„Danke, Cardi." Die scharfzahnige männliche

Elfe bezahlte die Rechnung und nahm dann den saftigen Burger in die Hand.

Cardi machte sich daran, sein Wechselgeld herauszukramen. Aber er hob die Hand. Sein Mund war bereits ganz rot.

„Behalte den Rest", sagte er lächelnd.

Sie steckte das Geld ein und lächelte ebenfalls. Sie war noch nie in ihrem Leben knapp bei Kasse gewesen. Auf der Erde war ihre Familie wohlhabend gewesen, und sie hatte alles gehabt, was sie sich hatte wünschen können.

So auch hier. Was immer sie hatte haben wollen, Kimber hatte es ihr besorgt. Meistens.

Sie hatte in sein Bergwerk gehen und sich Diamanten aussuchen können. Sein Drache hatte ihr täglich Edelsteine aufs Kopfkissen gelegt. Aber Cardi hatte noch nie in ihrem Leben ihr eigenes Geld verdient.

Sie hatte gequengelt, dass sie welches brauchte, klar. Aber das war das erste Mal, dass sie dafür arbeitete.

Sie verstaute die Münzen in ihrer Tasche und spürte, wie schwer sie waren. Ha! Natürlich konnte sie das tun. Sie würde es aus eigener Kraft schaffen.

„Hey, Wandler-Spielzeug. Wir haben Mastodon-Steaks bestellt, nicht Mammut."

Cardi drehte den Kopf und sah die beiden Trolle an. Sie waren die einzigen Gäste, die ihr heute Abend das Leben schwermachten.

Und bei Mammuts und Mastodons verhielt es sich wie bei Kaninchen und Wachteln: beide schmeckten wie Hühnchen.

Diese zwei wollten nur Ärger machen. Nun, sie hatte eine gerechte Strafe für sie.

„Cardinal!"

Sie wandte sich wieder um, zu Grimmald, dem Besitzer des *God's Teet* und ihrem neuen Chef.

„Das sind zwei meiner besten Kunden. Ändere ihre Bestellung! Und sei nett zu ihnen!"

Nett? Sie führten sich wie Idioten auf.

„Das beinhaltet der Job eben auch", sagte ihr Chef. „Du hast gesagt, du kannst das."

So ein Mist. Sie hatte gesagt, dass sie damit würde umgehen können. Cardi dachte noch ein paar Sekunden nach: Sollte sie diese Typen mit ihrem Verhalten davonkommen lassen und ihren ersten Job behalten? Oder gleich am ersten Tag alles vermasseln?

Einerseits könnte sie den Laden problemlos selbst führen. Grimmald schöpfte dessen Potenzial nicht einmal ansatzweise aus. Sie könnte viele Verbesserungen vornehmen.

Andererseits hatte sie nicht das Geld, um dieses Lokal zu kaufen. Und Land war im Schleier nicht käuflich wie in der Menschenwelt. Die Besitzansprüche auf jeden Zentimeter dieses Gartens waren seit Anbeginn der Zeit in Stein gemeißelt.

Cardi setzte ihr bestes falsches Lächeln auf und ging zu den Gästen.

„Das wurde aber auch Zeit", knurrte einer. „Glaubst du, wir warten hier wie dein Drache?"

Humor. Sie hatten Humor. Niedlich.

Allerdings war es genau andersrum. Sie war diejenige, die gewartet hatte, nicht Kimber. Er hätte sie vom ersten Tag an haben können. Okay, vielleicht am zweiten Tag, nachdem sie zu der Erkenntnis gekommen war, dass Kimber im Gegensatz zu seinem Vater keine minderjährigen Mädchen vergewaltigte. Das war eine seiner guten Eigenschaften. Eine der wenigen.

„Was kann ich für euch sanfte Trolle tun?", fragte sie.

„Du hast unsere Bestellung vermasselt."

„Anscheinend ist genau das ihr Ding", fügte sein Kumpel mit der Beule auf der Nase hinzu. „Sie ist gut darin, Dinge zu vermasseln."

Cardi spürte das Gewicht der Münzen in ihrer Tasche. Das Gewicht ihrer Unabhängigkeit. Sie brauchte diesen Job, um diese zu beweisen. Sie konnte auf eigenen Füßen stehen. Und so tat sie, Cardinal Ponzi, das Undenkbare. Sie tat, was von ihr verlangt wurde, ohne zu protestieren.

„Ich bin gleich zurück und bringe die richtige Bestellung." Cardi machte auf dem Absatz kehrt.

„Hier ist schon mal dein Trinkgeld." Er gab ihr einen Klaps auf den Hintern.

Sie dachte nicht nach. Sie reagierte nur. Sie ließ eine der Münzen in ihrer Tasche los und ballte die Faust.

Kein Geld war diese Demütigung wert. Sie wirbelte herum, um ihm eine reinzuhauen. Aber der Troll war weg.

Sie wandte den Kopf und sah, wie sein Körper flach an der gegenüberliegenden Wand klebte. Sein stumpfnasiger Kumpel schaute entsetzt drein. Aber nicht wegen des plattgedrückten Trolls. Er blickte über Cardis Schulter und begann zu wimmern.

Sie brauchte sich nicht umzudrehen, um zu wissen, wer dort stand. Toll, Kimber glaubte also nicht, dass sie allein zurechtkäme. Aber auch toll: Kimber war endlich zur Vernunft gekommen und sie holen gekommen. Jetzt würde jeder sehen, dass er sich wirklich für sie interessierte.

„Schnapp dir deinen Kumpel! Haut ab! Und

vergesst nicht, eurer Kellnerin ein großzügiges Trinkgeld zu geben, weil sie es mit euch ausgehalten hat.“

Das war nicht Kimbers Stimme. Cardi drehte sich um und sah Izem vor dem anderen Troll stehen. Seine Muskeln waren angespannt. Sein Gesichtsausdruck war bedrohlich.

Der Troll ließ eine großzügige Menge an Münzen auf den Tisch fallen. Dann huschte er aus der Bar. Ohne seinen Kumpel.

KAPITEL ZEHN

Kimber schleppte sich hinaus in den Schatten vor der Bar. Er wischte sich den Schweiß von der Stirn, denn er hatte sich sehr anstrengen müssen, um nicht völlig auszurasten. Zusätzlich zum salzigen Geschmack des Schweißes konnte er die metallische Note von Eisen ausmachen. Er hatte noch nicht alles Blut von seinen Händen abbekommen.

Die meisten Elfen waren weich und nachgiebig. Aber Trolle bestanden aus Fleisch und Blut.

Es hatte ihn sehr viel Mühe gekostet, nicht durch die Eingangstür der Bar zu stürmen, als diese Cardi mit ihrem Gerede genervt hatten. Aber in dem Moment, als einer von ihnen sie angefasst hatte, war alles in ihm diamanthart geworden.

Er war kurz vor der Schwelle gewesen, als der junge Löwe dazwischen gegangen war. Kimber wusste nicht, warum er daraufhin innegehalten hatte. Sowohl der Mann als auch die Bestie waren zurückgewichen, als ob sie erst einmal hatten abwarten wollen, wie sich das Ganze entwickeln würde.

Er war sich so sicher gewesen, dass dieses plötzliche Interesse zwischen Cardi und Izem nur eine Farce gewesen war; eines ihrer Spielchen, um ihn zu reizen. Als er aber nun im Mondlicht stand, mit Blut an den Händen, nachdem er die hinausrennenden Trolle mit seinen Krallen verletzt hatte, begann er, daran zu zweifeln.

Der Löwe grinste Cardi an. Nach einer Weile sah Kimber, wie sich die Spannung von ihren Schultern löste. Sie schenkte ihm ein Lächeln, ein aufrichtiges Lächeln. Kimber kannte den Unterschied. Der lag in ihren Augen.

Diese funkelten normalerweise, während ihr Gehirn berechnete, wie sie bekommen konnte, was sie wollte. Ihre Lippen verzogen sich dann zu einem breiten Grinsen, wenn sie errechnet hatte, wie viel sie nehmen könnte. Doch jetzt war ihr Blick weich und dankbar, als sie zu dem Löwen aufschaute. Ihre Arme hingen entspannt an ihren Seiten.

Kimber trat einen weiteren Schritt zurück. Das hier war nicht die Cardi, die er kannte. Er wusste nicht, wer dieses Mädchen war. Verdammt, sie sah aus wie eine andere Frau.

Sie bedeutete dem jungen Löwen, sich zu setzen. Er tat es. Und sie unterhielten sich ein wenig, während Cardi etwas auf einem Block notierte. Vermutlich nahm sie seine Bestellung auf. Sie war nett zu ihm, weil das zu ihrem Job gehörte. Das musste es sein.

Aber da war wieder dieses dankbare Lächeln. Als sie aufstand und sich von Izem abwandte, starrte er unverhohlen auf ihren Hintern. Das taten auch die meisten der anderen männlichen Gäste.

Ihr enger Rock überließ wenig der Fantasie. Kimber wollte hineinstürmen und sie bedecken. Sein Drache verlangte, dass er sie auf seinen Rücken warf und nach Hause flog.

Aber das war nicht das, was *sie* wollte. Es war eindeutig nicht das, was sie *brauchte*.

Er hatte sie vor dem Tumult gesehen, als sie ihre Kunden bedient hatte. Darin war sie gut gewesen. Wer hätte gedacht, dass Cardinal gut darin sein könnte, die Bedürfnisse anderer zu befriedigen. Sie hatte stolz ausgesehen. Sie liebte ihre Arbeit eindeutig. Er hatte gesehen, wie sie die erste Münze, die sie verdient hatte, gestreichelt hatte. Er hatte ihr ein Vermögen aus Diamanten geschenkt, und sie hatte noch nie einen auf diese Weise angesehen.

Denn sie hatte sich diese Münzen selbst verdient. Sie hatte das ganz allein gemacht. Ohne ihn.

„Sieht so aus, als ob deine Opfergabe jetzt Freiwild wäre."

Kimber drehte sich um, als er das leise Knurren des Wolfes hörte. Konan stand breitbeinig vor ihm, und der Halbmond leuchtete hinter seinem Rücken. Seine Augen glühten silbern, und seine Eckzähne glitzerten. Wie Kimber war der Wolf der Älteste in seinem Rudel. An dem Tag, an dem die Walküre den Schleier geschlossen hatte, hatte er eigentlich seine Gefährtin auf der anderen Seite holen wollen. Aber ein Drache hatte ihm einen Strich durch die Rechnung gemacht. Draco hatte ihnen allen einen Strich durch die Rechnung gemacht.

Allerdings hatte Kimber mit Cardi Glück gehabt.

„Sie steht immer noch unter meinem Schutz", erwiderte er. „Wenn du etwas sagst oder tust, was ihr nicht gefällt, wirst du es mit mir zu tun bekommen."

„Ihr zwei habt also eine offene Beziehung? Wie 21. Jahrhundert von euch! Aber du weißt doch, dass ich mein Essen nicht teile, geschweige denn meine Bettgefährtin."

Da menschliche Partnerinnen für sie unerreichbar waren, trieben sich die meisten Wandler mit Elfen herum. Mit den gertenschlanken Frauen und heißblütigen Männern konnten sie jedoch keine Nachkommen zeugen. Aber das bedeutete nicht, dass man nicht miteinander Spaß haben konnte.

„Ich habe gehört, du hast einen Plan zur Wiedereröffnung der Grenze?"

Kimber nickte.

„Meine Brüder haben es satt, sich nur zu vergnügen. Wir brauchen Frauen aus Fleisch und Blut."

„Wenn wir uns zusammentun und uns einig werden, glaube ich, dass mein Plan aufgehen wird."

Konan rieb sich das Kinn und starrte Kimber an. „Ich höre."

Beide traten in die Dunkelheit der Nacht. Aber Kimbers Gedanken waren immer noch bei Cardi. Wenn sie ihre Unabhängigkeit wollte, würde er sie ihr geben. Aber nur zu seinen Bedingungen.

KAPITEL ELF

Cardi zog ihre hochhackigen Schuhe aus. Sie hatte gerüschte Knöchel-Socken dazu getragen, damit ihr Rist nicht aufgerieben wurde. Diese Socken passten außerdem zu ihrem Kellnerinnen-Outfit. Sie hatte sich zudem für einen Minirock aus den 1960ern und ein Crop-Top aus den 1980ern entschieden.

Aber ihr Bauch war kalt. Auf ihren Beinen prangten rote Flecken von verschütteten Gewürzen. Am Ende ihrer Schicht taten ihr die Füße weh. Sogar ihre Ohren, an denen die diamantenen Ohrringe hingen, die Kimbers Drache ihr vor ein paar Monaten geschenkt hatte, dröhnten.

Vier ganze Stunden.

„Das hast du heute gut gemacht, Kleine."

Cardi freute sich über das Kompliment, zuckte aber bei dem Kosewort zusammen. So viele der Kreaturen hier im Schleier betrachteten sie immer noch als Kind. Aber das war immer noch besser, als als Freiwild angesehen zu werden. Wie hatte der Troll sie genannt?

Wandler-Spielzeug.

Was hat er damit gemeint? Sie war kein Spielzeug für die hiesigen Wandler. Nur für einen. Und er wollte ihre Spielchen nicht mehr mitspielen.

Sie war sich sicher, dass Kimber inzwischen wusste, wo sie war und was sie vorhatte. Aber er hatte während ihrer Schicht keinen einzigen Fuß ins *God's Teet* gesetzt. Keiner der Drachen hatte das getan.

Wow, sie war wirklich auf sich allein gestellt.

„Ist deine Schicht zu Ende?"

Cardi sah auf und erblickte Izem. Er war ihr zu Hilfe gekommen, wie aus einem John-Hughes-Film. Er hatte sie zwar mit seinen riesigen Pfoten verteidigt und nicht mit einem Ghettoblaster, aber trotzdem war es schön gewesen, dass sich jemand um sie gekümmert hatte und sie nicht ganz allein gewesen war.

„Ja, alles erledigt." Sie sah sich in der Bar um. Sie war leer. Nur ein paar Elfen schlenderten noch zur Tür hinaus. Nirgendwo Drachen oder ein strenges Gesicht.

„Ich finde das, was du tust, wirklich bewundernswert", sagte Izem und stützte sich auf einen der Barhocker. „Du stehst auf eigenen Beinen und verdienst dein eigenes Geld."

„Danke."

„Kann ich dich nach Hause begleiten?"

„Nach Hause?"

„Zurück zum Schloss. Es sei denn, Kimber hat ein Problem damit."

„Oh, ich wohne nicht mehr im Schloss." Und Kimber schien noch nicht einmal *damit* ein Problem zu haben.

Izem hob die Augenbrauen. „Du bist ausgezogen?"

„Das bin ich." Sie wollte auf keinen Fall in ihr altes Zimmer zurück. „Grimmald hat mir das Zimmer über der Bar vermietet."

„Bist du dort in Sicherheit?"

Sie zuckte mit den Schultern. „Keiner wird mich belästigen. Ich gehöre …"

Aber die Worte, dass sie Kimber gehörte, kamen

ihr nicht über die Lippen. Sie gehörte niemandem mehr. Das hatte sich gezeigt, als diese beiden Trolle es vorhin bei ihr versucht hatten.

„Wie wär's, wenn ich dich nach oben begleite?", schlug Izem vor und schob den Barhocker beiseite.

Cardi sah ihn an. Sie rang mit ihrem Wunsch nach Stärke und Unabhängigkeit und ihrer Angst vor der Dunkelheit. „Okay, aber nur bis zur Tür. Es ist schon spät, und ich hatte einen langen Tag, und …"

„Cardi, ich bin's. Ich bin keiner dieser Trolle. Ich würde nichts tun, was du nicht auch willst. Du würdest mir wahrscheinlich die Augen auskratzen. Ich habe deine Krallen gesehen."

Cardi grinste und entspannte sich ein wenig. Sie mochte Izem wirklich. Er gab ihr Freiraum, wenn sie diesen benötigte. Und dennoch zeigte er ihr unverhohlen, dass er an ihr interessiert war.

„Danke, Izem. Ich weiß deine Freundschaft sehr zu schätzen."

„Autsch", machte er, zog eine Grimasse und ließ den Arm fallen, den er ihr gerade um die Schulter legen wollte. „Hast du mich gerade in die Freund-schafts-Ecke geschoben?"

„Nein, habe ich nicht. Ich meine …"

Oder hatte sie das doch? Es war das erste Mal,

dass sich diese Ecke aufgetan hatte. Sie konnte männliche Freunde haben. Und sie konnte einen männlichen Partner haben.

„Wie wäre es damit", schlug Izem vor. „Wir gehen gemeinsam auf ein Date. Nachdem du dich prächtig amüsiert hast und von mir begeistert bist, werde ich mir überlegen, ob ich ein zweites Mal mit dir ausgehen möchte …"

Warte mal! Was? So lief es doch gar nicht! Dann schaute sie auf und sah Izems breites Grinsen.

Cardi schlug ihm gegen die Schulter. Er fing ihre Faust auf, hielt sie sanft und blickte auf sie herab.

Wollte er sie küssen? Wollte sie, dass er das tat? Und dann tat er es.

Er drückte ihr einen Kuss auf die Fingerknöchel. Aber für jemanden, der noch nie geküsst worden war, fühlte es sich unglaublich an. In diesem Moment beschloss sie, dass sie mehr wollte.

„Ich bin morgen nach der Arbeit für unser Versuchs-Date verfügbar."

Izem grinste. „Ich habe das Gefühl, dass wir bei diesem Versuch sehr gut abschneiden werden."

Sie hatten die Tür zum oberen Stockwerk erreicht. Cardi winkte ihm zum Abschied und schloss dann die Tür vor Izems Nase. Sie war innerlich ganz aufgedreht und ließ die Münzen in ihrer

Tasche klimpern. Während ihrer Schicht hatten die ersten beiden Besuch bekommen. Das hier war also doch eine gute Entscheidung gewesen.

Sie schaltete das Licht ein und erschrak, als sich eine Gestalt aus den Schatten löste.

KAPITEL ZWÖLF

Kimber hielt Cardi den Mund zu, bevor ihr erschrockenes Keuchen in einen Schrei übergehen konnte. Sie atmete tief durch die Nase ein, sodass sich ihr Rücken krümmte und ihr Hintern gegen seine Leistengegend drückte. Sein Schwanz richtete sich kerzengerade auf. Er hatte sich schon seit Jahren in einem langen, selbst auferlegten Schlummer befunden. Seit sie in den Schleier gekommen war und er die Verantwortung für sie übernommen hatte. Sein Schwanz war ein wenig wackelig, da er zum ersten Mal seit so langer Zeit wieder ganz aufrecht stand. Er pulsierte ein paarmal, erinnerte sich dann aber wieder an seine Standfestigkeit.

Schließlich fiel Kimber ein, für wen er seinen

Schwanz so aufrecht hielt, hatte aber momentan keinerlei Kontrolle über sich.

Im Grunde genommen betrachtete er Cardi nicht mehr als junges Mädchen, denn ehrlich gesagt war sie schon so kurvig gewesen, als sie hergekommen war.

Sein Drache steckte seine Nase in ihre Haare und atmete tief ein. Seine Hände strichen über die weiche Haut zwischen ihrer Schulter und ihrem Schlüsselbein, genau dort, wo sich seine Bisswunde befand.

Meine.

Cardi schrie auf. Angst überdeckte ihren Geruch. Das kühlte seinen Drachen ab. Kimber ließ sie sofort los.

Sie wirbelte herum und hob die Fäuste. Ein roter Tornado, der auf Zerstörung aus war. Auch bekannt als seine Gefährtin.

„Cardi, ich bin's."

Sie blinzelte ein paarmal. Anstelle von Erleichterung verzerrten sich ihre Gesichtszüge zu noch mehr Wut. Das Rot auf ihren Wangen verblasste zu Rosa. Aber der finstere Blick blieb.

„Was zum Teufel machst du hier, du Arschloch?"

„Ausdrucksweise!", mahnte er.

„Ausdrucksweise? Oh, ich gebe dir Ausdrucksweise. Du Idiot hast mich zu Tode erschreckt."

„Hüte deine Zunge, Cardinal!"

„Du bist nicht mehr mein Boss, Kimber. Und ich fluche gerne. Fuck. Scheiße. Arschloch."

„Was?"

„Du hast mich schon gehört."

Kimber legte den Kopf schief und betrachtete sie. Sie blies sich eine Haarsträhne aus dem Gesicht, die jedoch sogleich wieder auf ihrer Stirn landete. Kimber streckte die Hand aus, um sie wegzustreichen, aber sie wich seiner Berührung aus. Das brachte seinen Drachen zum Knurren.

Er hob die Hand erneut. Diesmal rührte sich Cardi nicht. Sie hielt still, wandte aber ihren Blick nicht von ihm ab.

Kimber strich ihr die Haarsträhne von der Stirn und hinters Ohr. Seine Finger verweilten an ihrer Ohrmuschel.

„Was tust du hier?", fragte sie.

„Ich schaue nach dir."

„Du bist nicht mehr für mich verantwortlich."

„Ich werde immer für dich verantwortlich sein. Du wirst immer mir gehören."

„Wie du siehst, kann ich auf mich selbst aufpassen." Cardi holte ein paar Münzen aus ihrer Tasche und hielt sie Kimber vor die Nase. Die Diamanten, die an ihren Ohren hingen, waren hundertmal mehr wert, als was sie verdient hatte.

„Gut gemacht."

Cardi runzelte die Stirn. Sie umschloss das Geld mit ihren Fingern. Und dann zog sie die Hand von seinem Gesicht weg.

Hatte er sie noch nie gelobt? Er hatte noch mehr Wut erwartet, noch mehr Trotz. Aber sie starrte ihn nur an.

„Danke", erwiderte sie. Es lag Müdigkeit in ihrem Tonfall, in ihren Augen. Sie bewegte sich langsamer, mit weniger Energie als noch vor ein paar Tagen, als sie im Schloss gewesen war.

Kimber griff erneut nach ihr. Auch diesmal wich sie nicht zurück. Gut, das gefiel seinem Drachen. Er legte die Hände seitlich an ihren Kopf und massierte ihre Schläfen.

„Was machst du da?", fragte sie.

„Der Drache ist es nicht gewohnt, so lange von dir getrennt zu sein. Er muss sich vergewissern, dass es dir gut geht."

Cardi beäugte Kimber misstrauisch, aber als er sie weiter massierte, schloss sie die Augen und gab sich seinen Berührungen hin.

Kimber drückte sie an seine Brust. Er löste ihre

Verspannungen, und sie seufzte in ihn hinein. Er konnte sich nicht erinnern, dass sie jemals so fügsam gewesen war. Jedenfalls nicht gegenüber Kimber, dem Mann.

Cardi und sein Drache hatten sich immer gut verstanden. Er hatte sich immer ausgeschlossen gefühlt. War dies das erste Mal, dass sie sich ihm kampflos ergab?

„Du hast nicht vor, mich nach Hause zu bringen?", fragte sie.

War da ein Hauch von Enttäuschung in ihrer Stimme?

„Nein", erwiderte er. „Aber ich gebe dir Regeln."

„Du kannst mir keine Regeln vorschreiben. Ich bin eine unabhängige Frau."

„Regel Nummer eins: Du trägst immer meine Diamanten."

„Warum?"

„Damit sich andere zweimal überlegen, ob sie dich anfassen wollen."

„Oh. Du hast also das mit den Trollen mitbekommen?"

Kimber antwortete nicht.

„Nun, Izem hat ihnen einen Tritt in den Arsch verpasst. Ich brauche nichts, um mich als die deine kenntlich zu machen, denn ich bin eine alleinstehende Frau."

„Das ist nicht verhandelbar, Cardinal."

Kimber zog eine Diamantkette aus seiner Tasche. Er legte sie ihr um den Hals und fühlte sich sofort besser, nachdem er sie mit dem Schmuckstück behängt hatte. Seine Hände wanderten wieder zu ihren Schultern. Sie waren angespannt. Er begann, sie zu massieren.

Cardi gab ein leises Stöhnen von sich. Kimbers Schwanz war immer noch hart von der versehentlichen Berührung ihres Hinterns. Nach diesem Stöhnen war er härter als ein Diamant. Er atmete die Süße ihres Schweißes ein. Der salzige Geruch ihrer harten Arbeit machte ihn an.

„Ob du mich nun hasst oder nicht, deine Sicherheit bedeutet mir alles."

„Ich hasse dich nicht."

Kimber strich über die Schwellungen unter ihren Augen. Er mochte zwar den Schweiß an ihr, aber nicht die Erschöpfung. Nicht, wenn sie davon herrührte, dass sie andere bediente. Sie sollte nur ihn bedienen. Auf ihren Knien. Auf ihrem Rücken.

Er war nur noch Millimeter von ihren Lippen entfernt. Wie war er ihr so nahe gekommen? Wie hatte er so lange so weit weg bleiben können?

„Ich bin mit Izem verabredet", sagte sie plötzlich.

Er beobachtete ihre Lippen. Die Worte, die sie aussprach, ergaben keinen Sinn. Er strich mit dem Daumen über ihren Mund. Ihre Lippen waren weicher, als er erwartet hatte.

„Willst du, dass Izem dich beansprucht?"

„Ich … Ich weiß es nicht. Aber ich möchte beansprucht werden. Irgendwann. Bald."

Er atmete ein. Es lag ein Hauch von Verlangen in der Luft. Er wollte die Zunge herausstrecken und es hinunterschlucken.

„Aber daran hast du ja kein Interesse", sagte sie. „Oder doch?"

Wollte er, dass sie auf ein Date ging? Nein, aber dieses eine Mal würde er es zulassen. Sie gehörte ihm. Das musste sie wissen. Warum also entfernte sie sich von ihm?

„Ich finde, du solltest jetzt gehen", sagte Cardi.

Sie stand mit geschürzten Lippen da und hatte die Arme vor der Brust verschränkt. Das war die Cardi, die er kannte. Warum also wollte er sie wieder in die Arme nehmen?

Sie öffnete die Tür. „Wenn es für dich okay ist, dass ich mit einem anderen Mann ausgehe, dann willst du mich offenbar wirklich nicht."

„Cardi, warte."

Sie deutete zur Tür hinaus und stampfte mit dem Fuß auf. „Geh!"

„Du hast mich missverstanden."

„Nein. Ich habe dich sehr gut verstanden." Sie schob ihn zur Tür hinaus. Es half nichts. Der einzige Grund, warum er sich überhaupt rührte, war, dass er sah, dass sie wirklich verärgert war.

„Und lass dich hier nie wieder blicken", knurrte sie. „Das ist mein Zimmer, also sind es meine Regeln. Verstanden?"

Er lächelte angesichts des Feuers in ihr. „Verstanden."

„Gut." Sie schlug ihm die Tür vor der Nase zu.

KAPITEL DREIZEHN

Cardi legte einen Finger auf ihren Mund. Kimber hätte sie fast geküsst. Seine Lippen waren nur einen Zentimeter von ihren entfernt gewesen. Sie konnte den weichen Abdruck spüren, obwohl sich ihre Lippen nicht berührt hatten. Sie hatte seinen Atem gekostet, und er hatte besser geschmeckt als jede süße Blume, an der sie je gerochen hatte. Verdammt, er war sogar besser gewesen als Ben and Jerry's Eiscreme und Dominos Pizza in einem.

Wie konnte sie sich nach etwas sehnen, das für sie so unerreichbar war? Das Verlangen nach ihm war ein körperlicher Schmerz. So war es immer gewesen.

Sie hatte sich geschworen, nicht mehr krank zu

sein, als sie in diese Welt gekommen war. Doch jedes Mal, wenn Kimber sich von ihr abgewandt hatte, war ein eiskalter Schauer durch ihren Körper gelaufen. Jedes Mal, wenn er seine Stimme gegen sie erhoben hatte, hatte sie einen fiebrigen Schmerz zwischen ihren Schenkeln verspürt. Jedes Mal, wenn er sich ihr verweigert hatte, hatte sie sich auf ihn stürzen wollen, bis er ihr nachgegeben hätte.

Sie war die Krankheit, die sie ans Bett gefesselt hatte, losgeworden, als sie hierhergekommen war. Sie hatte ihre Gesundheit wiedererlangt und konnte laufen, atmen und sogar fliegen. Aber jede Nacht war sie krank ins Bett gegangen, weil Kimber sie nicht wollte.

Nicht mehr. Heute Abend war dieser Beinahe-Kuss der letzte Strohhalm gewesen.

Er hätte sie auf der Stelle haben können. Aber wieder einmal war er davongelaufen. Das würde das letzte Mal sein. Wirklich das letzte Mal. Sie hatte genug von ihm.

„Hey."

Sie hatte den Teller zu hart aufgesetzt und etwas von dem Eintopf auf die stämmige männliche Elfe verschüttet, die am nächsten Tag in ihrer Sektion des Lokals saß.

„Tut mir leid", sagte Cardi und wischte den Fleck mit dem Zipfel der Tischdecke auf.

„Ist schon gut", erwiderte die männliche Elfe. „Es war meine Schuld. Ich hätte dir den Teller abnehmen sollen, als ich dich kommen sah."

Er wandte sich von ihr ab und begann, den Eintopf in sich hineinzuschaufeln. Cardi betrachtete ihn. Sie schaute zu all den Trollen, Kobolden und Elfen, die an den anderen Tischen aßen. Alle waren heute nett zu ihr gewesen. Obwohl sie ein paar Fehler gemacht hatte. Sie hatte die Bestellung eines Kobolds verwechselt und ihm gesalzene Kartoffeln gegeben, die ihn krank machten. Sie hatte einer Elfe, die Vegetarierin war, Speckstücke vorgesetzt. Und einem fleischfressenden Troll hatte sie einen Blütensalat als Hauptgericht serviert. Aber niemand hatte sich beschwert. Und sie hatte bereits das doppelte Trinkgeld im Vergleich zu gestern verdient, obwohl sie erst seit einer Stunde im Dienst war. Noch drei weitere. Die Zeit verging quälend langsam. Dann erhellten drei Sonnenstrahlen den Eingang.

Corun kam mit Chryssie an seiner Seite herein. Ilia war vor ihnen. Er sah sie und breitete die Arme aus.

Cardi erstarrte und ließ das Getränk, das sie in

Händen hielt, fallen. Sie lief ihrem Bruder in die Arme.

„Was macht ihr drei denn hier?"

„Wir sind gekommen, um dich bei deiner neuen Arbeit zu sehen", erwiderte Ilia. „Wir erhalten doch sicher Familienrabatt, oder?"

Familie. Sie waren immer noch ihre Familie.

Corun streichelte ihre Wange. Dann schlang Chryssie die Arme um sie und drückte sie fest. Cardi konnte ihren runden Bauch spüren. Sie meinte sogar zu spüren, wie einer der Welpen zur Begrüßung dagegen trat.

In gewisser Weise ärgerte sie sich, dass sie sich so darüber freute, sie zu sehen. Aber nur ein kleines bisschen. Zwar wollte sie Kimber nie wiedersehen, aber ohne ihre Feuerblutschwestern und ihre Drachenbrüder hätte sie sich völlig allein gefühlt.

„Setzt euch an meinen besten Tisch", rief Cardi und zog Chryssie zu sich. „Bestellt, was ihr wollt. Das geht aufs Haus."

Cardi hörte, wie Grimmald sich hinter ihr räusperte. Aber sie ignorierte ihn.

„Sieht so aus, als ob es dir gut geht", sagte Corun und zog den Stuhl für seine Gefährtin heraus.

„Mir geht es gut", bestätigte Cardi. „Mir geht es großartig."

Er nickte. Sein prüfender Blick erkannte mehr, als es Cardi lieb war. Also wandte sie sich Ilia zu.

„Ich habe oben eine eigene Wohnung“, sagte sie.

„Ich wollte schon immer eine eigene Wohnung haben!“, rief Ilia. „Dann könnten alle bei mir einziehen.“

Cardi machte sich nicht die Mühe, ihm zu erklären, dass damit der ganze Sinn einer eigenen Wohnung zunichtegemacht werden würde. Ilia tat so, als wolle er unabhängig sein, aber er war nicht gern allein. Armer Kerl.

„Unsere Bestellung, Miss?“, riefen ein paar Elfen zwei Tische weiter. Sie waren schon seit 20 Minuten hier. Cardi würde sich jedoch zuerst um ihre Familie kümmern.

„Gleich“, entgegnete Cardi über ihre Schulter.

„Nach deiner Schicht würde ich gerne deine Wohnung sehen, Cardi“, sagte Chryssie.

„Wir könnten jetzt gleich hinaufgehen“, erwiderte Cardi.

„Arbeitest du nicht gerade?“

Cardi winkte ab.

„Lasst uns zuerst essen“, schlug Corun vor. „Chryssie hat seit fast zwei Stunden nichts mehr zu sich genommen, und Dr. Spock sagt …“

„Oh, jetzt geht's wieder los mit Dr. Spock", stöhnte Ilia.

„Morrigan hat uns lauter Bücher über Schwangerschaft gekauft", sagte Chryssie.

Um Corun zu besänftigen, stimmten sie zu, zunächst einmal zu essen. Cardi nahm ihre Bestellung auf und ignorierte die Kunden, deren Gläser nachgefüllt werden mussten und deren Bestellungen noch offen waren.

„Ich war mir nicht sicher, ob ihr mich überhaupt sehen wollt, nachdem ihr davon gehört habt."

„Was gehört?", fragte Ilia und biss von dem Brot ab.

„Dass ich mit Izem ausgehen werde."

Ilia rümpfte die Nase, legte das Brot aber nicht weg.

Jetzt war es so weit. Sie würden sich von ihr abwenden, jetzt, wo sie nicht mehr mit Kimber zusammen war. Aber eigentlich war sie nie mit Kimber zusammen gewesen. Sie war immer nur eine Last gewesen, die er mit sich hatte herumschleppen müssen.

Sie wollte an der Seite eines Mannes sein. Eines Mannes, der sie wollte. Kimber wollte sie eindeutig nicht. Und jetzt würde ihre Familie sie ausschließen.

Vielleicht sollte sie Leona besser kennenlernen?

Aber die Löwin war weder warmherzig noch liebenswert. Sie war mehr Drill-Sergeant als sanfte Hausfrau.

„Toll", stöhnte Ilia. „Jetzt werden also überall in der Männerhöhle Fellbüschel herumliegen."

Cardi runzelte die Stirn. Warum sollten jetzt in der Männerhöhle Fellbüschel herumliegen? Es sei denn, sie würden Izem erlauben, das Schloss zu betreten. Würden sie das?

„Moment mal. Du würdest einen Löwen im Schloss willkommen heißen?", fragte sie.

„*Willkommen* wäre vielleicht zu viel gesagt", murrte Corun.

„Aber wenn du dich für ihn entscheidest", sagte Chryssie, „dann werden wir uns alle bemühen, dass er sich in deiner Familie wohlfühlt."

In ihrer Familie. Sie waren immer noch ihre Familie.

Vielleicht würde das funktionieren. Vielleicht könnte sie mit Izem ausgehen. Sich vielleicht sogar mit ihm paaren und trotzdem ihre Familie behalten. Vielleicht könnten sie sogar gemeinsam ins Schloss ziehen, denn ihre neue Wohnung war definitiv zu klein. In den kleinen Schrank passte nur Kleidung für zwei Wochen. Und es gab keine Steckdose für ihren Ghettoblaster. Kimber hatte sie ihr vor Jahren im Schloss eingebaut.

Das war großartig. Sie könnten alle wie eine glückliche Familie im Schloss leben.

„Miss? Unsere Bestellung?"

„Ich komme schon." Cardi erhob sich von ihrem Platz.

Dieser Tag sah vielversprechend aus, und sie musste unvermittelt lächeln. Kimbers Beinahe-Kuss war längst vergessen, als alle Anwesenden das richtige Getränk vor sich stehen hatten und ihre beiden Brüder und ihre Schwester ihre Gerichte aßen.

Izem würde ihr ihren ersten Kuss geben. Er würde sich nicht scheuen, ihre Lippen zu berühren. Und vielleicht würden sie sich sogar paaren.

Kimber würde es wahrscheinlich nicht einmal interessieren. Er wollte sie eindeutig nicht als Frau. Dieser Arsch. Aber dafür würde sie Izem in jeder Ecke des Schlosses küssen.

Sollte Kimber es doch mitbekommen. Es wäre ihr egal.

KAPITEL VIERZEHN

„Das wird bei den Löwen nicht funktionieren", knurrte Leona. „Ich kann keine schwachen Frauen gebrauchen."

„Schick doch die, die du nicht willst, einfach zu den Bären", erwiderte Konan. „Die sind nicht wählerisch."

Turin sprang über den Tisch. Fast hätte er Konan einen Schlag verpasst. Aber Kimber hielt ihn zurück. Der Wolf lehnte sich in seinem Stuhl zurück, verschränkte die Hände hinter dem Kopf und grinste frech. Jeder wusste, dass man einen Bären nicht ärgern sollte, schon gar nicht, wenn man ihn zu früh aus seinem Winterschlaf geweckt hatte.

Der Vollmond stand an diesem späten Nachmittag bereits am Himmel. Der Winterschlaf der Bären war fast vorbei. Und da es noch hell war, war Leona, die von Natur aus nachtaktiv war, früh auf. Die Verhandlungen begannen also nicht auf dem richtigen Fuß.

Wie sollten sie die Walküren überzeugen, wenn sie sich nicht einmal untereinander einigen konnten?

Kimber drückte Turin wieder auf seinen Stuhl. Er blickte Konan an, der mit den Schultern zuckte. Dann wandte er sich an die Löwin.

„Wir haben uns darauf geeinigt, dass drei Stimmen ein Quorum darstellen", sagte Kimber.

Konan und Turin pflichteten ihm bei. Leona zog ihre buschigen Brauen zusammen.

„Du sprichst, als wärst du unser Anführer", erwiderte sie. „Warum sollten wir auf dich hören, wenn du nicht einmal mehr eine Gefährtin hast?"

Alle Köpfe drehten sich zu Kimber. Er hatte diesen Schlag erwartet. Aber er hatte angenommen, dass Leona ihn ausführen würde, sobald sie sich an den Tisch gesetzt hatten. Aber sie hatte sich Zeit gelassen, und Kimber war mit dem Gezänk beschäftigt gewesen. Also war er unvorbereitet gewesen, als sie angriff.

„Es ist doch wahr", fuhr Leona fort. „Mein Junge

Izem hat dem mächtigen Drachen die kleine Cardinal abgeworben. Wahrscheinlich pflanzt er ihr in diesem Augenblick seinen Nachwuchs ein."

Ein lautes Gebrüll schallte durch die Höhle. Die Temperatur stieg rasant an. Flammen züngelten an den Wänden.

Konan richtete sich auf. Turin lehnte sich zurück. Es war nicht klug, einen Drachen zu verärgern. Die einzige Reue, die Leona zeigte, bestand im Zucken ihres rechten Auges.

Kimber atmete tief durch, um die Flammen wieder in sich aufzunehmen. Aber sein Drache ließ sich nicht so leicht besänftigen. Der Mensch versuchte es mit Vernunft: „Cardinal ist noch ein Kind …"

„Das ist schon seit Jahren deine Ausrede", erwiderte Leona. „Aber offensichtlich ist das Mädchen erwachsen."

„Dem kann ich nur zustimmen", mischte sich Konan ein. „Cardi mag ein kleiner Mensch sein, aber sie hat die Kurven einer erwachsenen Frau."

„Genau", meldete sich Turin zu Wort. „Nicht gerade Körbchengröße C, aber nahe dran. Und ihr Hintern sieht aus wie zwei reife Melonen."

„Es reicht!", brüllte Kimber.

Die Worte der anderen Männer ließen unziemliche Bilder von Cardi vor seinem geistigen Auge aufsteigen. Selbst jetzt konnte er den ersten Kuss, den er ihr noch geben musste, auf seinen Lippen schmecken. Er konnte die Wärme ihrer Haut auf seinen Fingerspitzen spüren. Er konnte sie beinahe vor sich sehen.

Es fiel ihm schwer, die Cardi seiner Erinnerung mit der des wirklichen Lebens in Einklang zu bringen.

„Schau, genau das ist das Problem, mit dem ich rechne", sagte Turin. „Wenn wir die Walküren dazu bringen können, unseren Bedingungen zuzustimmen, wird es Kämpfe um die neuen Opfergaben geben."

„Er hat recht", pflichtete ihm Konan bei. „Sieh dir unseren Kimber hier an. Ich wette, er stürzt sich auf Izem, sobald wir uns vertagt haben."

Leonas scharfsinnige Augen fielen auf Kimber. „Deshalb schlage ich als erste Regel vor, dass wir die Opfergabe über ihren Partner entscheiden lassen. Angefangen bei Cardi."

„Ich stimme zu", sagte Konan.

„Ich stimme zu", sagte Turin.

„Das sind drei Stimmen", stellte Leona fest. „Mehr brauchen wir nicht, um beschlussfähig zu sein. Nicht wahr, mächtiger Drache?"

Kimber dachte daran, wie er Cardi in der vergangenen Nacht verlassen hatte. Sie wollte nichts mehr von ihm wissen. Izem würde sie bezirzen und umgarnen. Er würde an ihre Egozentrik appellieren. Was, wenn sie sich letztlich gar nicht für Kimber entschied …?

KAPITEL FÜNFZEHN

„Wow, du siehst toll aus.“

Izem blickte anerkennend an Cardis Körper hinunter. Sie hatte sich entschieden, die weiße *Like a Virgin* Spitze wegzulassen und stattdessen auf die Schlussszene von *Who's that Girl* zu setzen, in der Madonna in einem schulterfreien Kleid aufgetrumpft hatte. In diesem Film hatte sie sich mit einem Tiger angefreundet. Was könnte also besser für ihr Date mit einem Löwen geeignet sein?

So wie Izem sich die Lippen leckte, schien der Löwe mit dem Outfit einverstanden zu sein. Cardi hatte sogar ihre Haare zu einem lockigen Bob frisiert. Es waren zwar keine blonden Locken wie bei Madonna, aber auch die Roten verfehlten ihre Wirkung nicht.

„Danke", erwiderte sie.

Sie sah Izem von oben bis unten an. Er trug kein Hemd. Das hätte sie nicht gestört, wenn es nicht ihr allererstes Date gewesen wäre. Sie hatte gehofft, er würde sich schick machen. Alles, was er trug, waren ein paar zerschlissene Shorts. Sogar seine Füße waren nackt.

„Bist du bereit aufzubrechen?", fragte er und bot ihr seinen Arm an.

„Ähm … Ja." Sie nahm seinen Arm, als er sie die Treppe von der Wohnung zum Restaurant hinunterführte.

„Warte kurz", sagte er, als sie unten angelangt waren. „Ich muss mich nur erst verwandeln."

Verwandeln? Ach ja, richtig. Deshalb trug er die Shorts.

Im Schleier gab es keine Autos. Die schnellste Art, sich fortzubewegen, war in Tiergestalt. Izem würde sie mitnehmen, das war klar. Sie würde auf einem Löwen reiten. Saucool!

„Würdest du dich bitte umdrehen?" Er machte eine kreisende Bewegung mit dem Zeigefinger.

Cardi hätte fast protestiert. Es war ja nicht so, dass sie noch nie gesehen hätte, was ein Mann zwischen seinen Beinen hatte. Sie hatte mit sechs Drachenwandlern zusammengewohnt, die sich täglich verwandelt hatten. Izem würde sie mit seinem Gemächt nicht schockieren. Aber sie tat, was er verlangte, und drehte ihm den Rücken zu.

Sie hörte die altbekannten Geräusche der Verwandlung. Das gutturale Knurren. Das Knacken der Knochen. Das knisternde Geräusch, das sie an Wunderkerzen an Silvester erinnerte, und sie fragte sich, ob die Verwandlung auch ein wenig Magie beinhaltete.

Als sie sich wieder umdrehte, stand ein riesiger Löwe vor ihr. Cardi streckte die Hand aus. Izem senkte den Kopf und erlaubte ihr, mit der Hand durch seine Mähne zu streichen. Er schmiegte sich an ihre Handfläche, ähnlich wie Kimbers Drache es tun würde.

Nein. Cardi riss ihre Hand zurück. Sie würde heute Abend nicht an Schuppen denken. Das hier war ihr neues Leben. Mit Fell. Mit einem Mann, der sie wirklich wollte. Sie hatte noch nie einen Pelzmantel gehabt. Vielleicht war es an der Zeit, sich einen zuzulegen.

Aufregung bemächtigte sich ihrer, als sie auf Izems Rücken stieg. Sie konnte es kaum erwarten zu sehen, wohin er sie bringen würde. Im Schleier gab es nicht viele Orte, an denen man ein Date haben konnte.

Cardi packte Izems Mähne, als er in die Nacht hinauslief. Sie rasten durch die Stadt, in Richtung des Waldes. Cardis Locken waren dahin, als ihre Haare im Nachtwind hinter ihr herflogen. Es machte ihr nichts aus. Sie fühlte sich frei, schwerelos.

Izem verlangsamte das Tempo, als sie eine vertraute Umgebung erreichten. Cardi sah die Akazienbäume, die wie Regenschirme aussahen. Sie sah die Höhle, die die Wohnstätte der Löwen darstellte.

Sie stieg herab und sah ihn an. Der Löwe legte den Kopf schief. Auch diesmal? Warum waren die Männer dieses Reiches nur so verschämt? Seufzend wandte Cardi sich ab, und Izem verwandelte sich zurück.

„Wir sind also bei dir zu Hause?", fragte Cardi und drehte sich rechtzeitig um, um zu sehen, wie Izem sich ein Hemd über den Kopf zog.

„Ja", erwiderte er mit einem Grinsen und trat neben sie.

Er trug eine gut geschnittene Leinenhose, die seine muskulösen Oberschenkel umspielte, ein lockeres Hemd und eine Lederjacke. Eine deutliche Verbesserung gegenüber den zerfledderten Shorts.

„Ich muss nur noch den Picknickkorb holen",

sagte er. „Ich wollte nicht, dass streunende Tiere ihn anknabbern, während ich dich abhole."

Ein Picknick bei Mondschein? Wie romantisch.

Izem öffnete die Eingangstür zu seiner Höhle. Drinnen blickten seine Brüder auf, als er und Cardi eintraten.

„Ihr alle kennt Cardi ja", sagte er.

Die jüngeren Löwen in der Höhle grinsten und kicherten.

„Haltet die Klappe!", befahl Leander, der Älteste und Größte der Brüder. Obwohl Leander furchteinflößend aussah, wusste Cardi, dass er eine sanftmütige Seite hatte. Der riesige Löwe schrieb Gedichte. Schlechte Gedichte. Ausgesprochen schlechte Gedichte. Aber es war trotzdem irgendwie süß.

Ari, der Zweitälteste, verdrehte die Augen und verließ den Raum. Er wollte unbedingt selbst eine Opfergabe haben. Das wusste Cardi ganz genau. Er hatte vor nicht allzu langer Zeit versucht, Poppy, Beryls Gefährtin, zu entführen.

„Ich brauche nur ein paar Minuten", sagte Izem zu Cardi. Und dann zu seinen Brüdern: „Ihr benehmt euch!"

Er verschwand in einem anderen Zimmer. Cardi blickte wieder zu den vier erwachsenen Jungen, die am Tisch saßen. Sie alle starrten sie an, und ihre goldenen Augen leuchteten hell wie Sonnenstrahlen.

„Also, Cardi, wirst du Izem heute Abend einen Bissen von dir nehmen lassen?", fragte einer der Jungen. Kefir war sein Name, glaubte sie.

„Wo sind deine Manieren?", knurrte Leander.

„Das ist schon in Ordnung", entgegnete Cardi. „Wundert euch nicht, wenn euer Bruder zurückkommt und ihm selbst ein Stück fehlt, weil *ich* einen Bissen von ihm genommen habe. Ich habe einen ganz schön großen Appetit nach all den Jahren des Hungerns."

Die Jungen blinzelten. Dann brachen sie in Gelächter aus.

„Denkt daran", fuhr Cardi fort. „Ich habe lange Zeit mit sechs Drachen zusammengelebt. Und obwohl ich rothaarig bin, werde ich nicht leicht rot."

„Gut gesagt, meine Liebe." Leona lehnte sich an die Eingangstür auf der anderen Seite des Raumes. „Raus mit euch allen! Räumt eure Zimmer auf! Dann geht raus und spielt!"

„Aber Mama …", stöhnte Kefir.

„Was habe ich gesagt?" Leona erhob ihre Stimme nicht. Aber ihr Tonfall war eisern.

Keiner protestierte. Wow, Cardi hätte auch gerne

solch eine Macht. Aber die ging wohl nur mit Mutterschaft einher.

„Nun, meine Liebe", wandte sich Leona wieder an sie. „Lass uns reden."

„Ja, Ma'am."

„Oh, du brauchst mich nicht Ma'am zu nennen. Sag einfach Mama."

Cardi schluckte.

Leona tätschelte ein mit Fell gefüttertes Kissen. „Komm, setz dich. Ich möchte dir ein paar Bilder zeigen, als Izem noch klein war."

Cardi setzte sich und sah sich Skizzen der Löwenfamilie an. Im Schleier gab es keine Fotoapparate. Aber Elfen konnten jede Szene bis ins kleinste Detail und in Farbe malen.

„Siehst du, was für ein starker Junge er war? Ein guter Jäger. Kräftige Oberschenkel. Und große Pfoten. Du weißt ja, was das bedeutet ..."

Oh Göttin, bitte rette mich!

„Du wirst einmal große, starke Junge machen, nicht wahr? Du hast auf jeden Fall die Hüften dafür. Und deine Brüste werden sich nach der Geburt noch ein bisschen mehr füllen. Bei mir war es jedenfalls so, und ..."

„Mama, das reicht jetzt!" Izem war wieder

zurück. Mit einem Korb voller Essen in den Händen.

Leona stand auf und umarmte ihren Sohn. „Oh, mein Junge. Ich bin so stolz auf dich."

Sie nahm sein Gesicht zwischen ihre beiden Pfoten. Dann leckte sie ihren Daumen ab und wischte einen Fleck von seiner Wange.

„Mama, hör auf!"

Leona flüsterte Izem ins Ohr: „Vermassele das nicht! Sie muss dich diesem Drachen vorziehen."

Izem wand sich aus ihrem Griff und ging zu Cardi. „Lass uns gehen, oder wir kommen hier nie mehr weg."

Cardi ging mit schnellen Schritten hinter Izem zur Tür hinaus. Draußen angekommen, wanderten sie einen Pfad hinunter zur Wasserstelle. Am Ende des Weges lag ein Fell, das wie eine Picknickdecke ausgebreitet war.

„Ich hoffe, das ist in Ordnung", sagte er. „Ich habe nicht viel Geld, um eine Frau zum Essen einzuladen. Löwen sind stark, aber wir schürfen nicht nach Edelsteinen wie Drachen. Mama verdient das ganze Geld."

„Ich verstehe das. Mein Vater hat das ganze Geld verdient, als ich noch auf der Erde war. Und hier verdient Kimber das Geld. Aber jetzt habe ich meinen Job. Ich verdiene nicht viel, aber ich bin dankbar für das, was ich habe."

„Das bewundere ich an dir."

Cardi spürte bei seinem Kompliment ein Flattern in der Magengegend. So etwas hatte sie nicht oft zu hören bekommen. Nicht im Schloss. Nicht, als sie noch bei ihrem Vater gelebt hatte. Daran könnte sie sich gewöhnen.

Und zu allem Überfluss sollte sie zusätzlich zu den Komplimenten auch noch gefüttert werden. Das beste erste Date aller Zeiten. Izem holte zwei Teller mit Fleisch heraus. Die beiden Steaks waren roh.

„Was ist denn?", fragte er, als sie nicht sofort loslegte. „Magst du keine Gazelle?"

„Doch, ich liebe Gazelle. Aber sie schmeckt besser, wenn sie gebraten wurde."

Izem starrte vor sich hin. Dann stöhnte er auf. „Ich vergaß, du bist ja ein Mensch. Das tut mir leid. Ich habe auch ein paar Blumen."

Er kramte in der Tasche und holte einige Blüten hervor. Es waren nicht ihre Lieblingsblüten, aber sie knabberte daran, um die Verabredung nicht zu ruinieren. Er hatte sich so viel Mühe gegeben. Auch wenn er keinen Grill angemacht hatte.

Cardi kaute weiter an ihren Blütenblättern, während sie die Insekten verscheuchte. Die Megas waren heute Abend in großer Zahl unterwegs. Sie mochten Fleisch, aber sie ließen Izem und sein Fell in Ruhe.

„Ist dir kalt?", fragte er, während sie einen weiteren der großen Käfer wegschlug. „Hier, nimm meine Jacke."

Er legte ihr seine Lederjacke über die Schultern. Cardi wurde von Izems herbem Duft umhüllt. Das war etwas, was Sean Penn für Madonna getan hätte.

„Das erinnert mich an Madonnas Song *Like a Virgin*", sagte sie.

„An wen?"

„Madonna ist meine Lieblingssängerin aus meiner Heimat. In dem Lied singt sie darüber, wie man es durch die Wildnis schafft. Willst du es hören?"

Cardi holte ihren Walkman heraus. Batterien waren nicht nötig, da Corun das Stromfach mit solarbetriebenen Plättchen ausgestattet hatte.

Izem lauschte der Musik, während er einen weiteren Bissen von seinem blutigen Steak nahm. Sie hoffte, dass er das Blut mit Wasser, vielleicht auch mit Honigwein und ein paar süßen Blumen herunterspülen würde.

„Gefällt es dir?", fragte Cardi.

„Sehr sogar. Ihre Stimme klingt wie ein Streifenhörnchen. Sie macht mich hungrig."

Streifenhörnchen? Madonna klang nicht wie ein Streifenhörnchen. Cardi unterbrach das Lied und legte den Walkman beiseite.

„Ich habe etwas Falsches gesagt, nicht wahr?", fragte Izem besorgt.

„Nein, das ist schon in Ordnung."

Er rückte näher an sie heran. „Ich möchte, dass unsere Verabredung gut läuft. Ich mag dich wirklich, Cardi, und ich glaube, wir würden gut zusammenpassen. Ich möchte, dass du dich für mich entscheidest."

Was mochte er an ihr? Außer der Tatsache, dass sie die einzige verfügbare menschliche Frau war.

„Ich möchte dich küssen", sagte er auf einmal. „Darf ich?"

Da war er endlich. Ihr erster Kuss. Er war ganz nahe bei ihr. Seine Lippen waren näher an ihren als die von Kimber es gestern gewesen waren. Sie wartete darauf, dass die Schmetterlinge in ihrem Bauch wie wild zu flattern begannen. Und wartete

…

KAPITEL SECHZEHN

Kimber stand am Fenster. Es fiel ihm schwer sich einzugestehen, dass er dort den ganzen Tag auf ihr Eintreffen gewartet hatte. In dem Augenblick, in dem er den blauen Drachen am Himmel vorbeifliegen sah, atmete er aus.

Gestern Abend, dem Abend ihrer Verabredung, war er in den Minen geblieben und hatte mit bloßen Händen die Erde aufgewühlt. Zu Hause zu bleiben und nicht loszurennen, um zu sehen, wie ihre Verabredung mit Izem lief, hätte ihn fast in Stücke gerissen. Sein Drache war die ganze Nacht und bis in den heutigen Tag hinein eine wütende Bestie gewesen. Aber jetzt stand ihr Familienessen an; etwas, auf das Cardi und Ilia bestanden hatten, nachdem sie eine Fernsehsendung gesehen hatten. Heute war er froh über diese Tradition.

In dem Moment, als er ihre roten Haare am Himmel sah, beruhigte sich seine Bestie ein wenig. Als sie sich auf Rhoyls Rücken dem Schloss näherte, betrachtete Kimber ihr Gesicht. Sie lächelte. Nein, sie lachte.

Oh, Göttin. Was, wenn sie sich bei ihrem Date amüsiert hatte? Was, wenn sie sich *wirklich* amüsiert hatte. Was, wenn sie sich von diesem haarigen Biest hatte anfassen, küssen oder mehr machen lassen.

Das Mauerwerk zerbröckelte in Kimbers Hand. Seine Krallen fuhren aus und gruben sich in den Fensterrahmen. Egal, wie oft er tief durchatmete, sein Blut kühlte nicht ab.

Sie landeten, und Cardi stieg von Rhoyl herab. Sie rieb ihre Nase an seiner. Als sie sich zu ihm beugte, war ihr Hintern Kimber zugewandt. Die wütende Bestie in ihm bemerkte, dass ihr Po tatsächlich wie zwei reife Melonen aussah. Kimbers Temperatur kühlte sich ab, aber seine Begierde verstärkte sich.

Er fluchte leise vor sich hin. Dann fluchte er erneut. Diesmal über Konan, der ihn auf diesen Gedanken gebracht hatte.

Turin hatte falsch gelegen. Kimber schaute

genauer hin, als Cardi sich umdrehte. Ihre Brüste waren definitiv keine Körbchengröße C. Er hatte den Buchstaben auf ihrem BH gesehen. Da hatte D gestanden.

Jetzt dachte er an ihre BHs und ihre Brüste. Egal, was er tat, er konnte das Mädchen nicht mehr sehen, das vor all den Jahren zu ihm gekommen war. Um ehrlich zu sein, sie hatte schon immer so ausgesehen. War sie jemals ein Mädchen gewesen? Oder war sie ihm nur in jenem ersten Moment so erschienen, als alles in ihm ihn gedrängt hatte, sie vor seinem Vater zu beschützen?

Kimber wusste, dass Cardi in Menschenjahren in dem Moment volljährig gewesen war, als sie durch den Schleier hergebracht worden war. Die Walküre hätte sie sonst nicht zu den Drachen gebracht. Sie kastrierten Kinderschänder.

Er wusste es sofort, als sie das Schloss betrat. Ihr Duft wehte bis zu den Dachbalken hinauf. Es war der Geruch von überreifen Beeren. Seiner Lieblingsspeise.

Wie sollte er dieses Abendessen überstehen?

„Du hast deinen neuen Partner nicht mitgebracht?", fragte Ilia, als Cardi den Speisesaal betrat. „Warum? Hattest du Angst, wir würden ihn fressen?"

„Wir hätten Izem nicht gefressen", mahnte Elek

und umarmte Cardi. „Ich würde einen ganzen Tag brauchen, um einen ausgewachsenen Löwen zu häuten."

Die anderen lachten über den Scherz, Elek jedoch nicht.

„Es war nur unser erstes Date", erwiderte Cardi. „Man bringt einen Mann nicht gleich nach dem ersten Date mit nach Hause, damit er die Familie kennenlernt."

Ihre Gesichtszüge verzerrten sich, als ob sie an etwas Widersprüchliches dächte. Aber dann schien sie den Gedanken beiseite geschoben zu haben, denn sie entspannte sich wieder. Ihr Blick begegnete seinem.

„Hallo, Kimber."

Er trat aus dem Schatten. „Guten Abend, Cardinal. Du siehst …" Sein Blick wanderte über ihren Körper, als würde er sie zum ersten Mal wahrnehmen. Sie trug ein einfaches Sommerkleid. Keine Spitze. Keinen Schnickschnack. Da war nur sie.

„Du siehst heute wunderschön aus."

Cardi stockte der Atem. Ihre Lippen bewegten sich lautlos, bevor sie eine Erwiderung herausbrachte. „Ich danke dir."

Kimber nickte. Sie starrten sich eine Sekunde lang an. Er ging nicht zu ihr und umarmte sie auch nicht. Er wusste, dass er seinen Drachen nicht zu nahe an sie heranlassen durfte. Wenn er sie jetzt in seine Klauen bekäme, würde er sie nicht mehr loslassen.

Schlimmer noch – wenn er auch nur einen Hauch von Löwe an ihr riechen würde, würde er sie fesseln und so lange auf Izem einprügeln, bis dieser keinen Laut mehr von sich gab. Das wäre nicht gut für die weiteren Verhandlungen und den Frieden im Schleier.

Sie setzten sich an den Tisch. Kimber saß am Kopfende. Cardi blickte kurz zu ihrem üblichen Platz neben ihm, entschied sich dann aber dafür, sich an die Mitte des Tisches neben Poppy zu setzen. Diese würde in ein paar Tagen mit Beryl in ihre Flitterwochen aufbrechen.

„Oh, mein Lieblingsessen!", rief Cardi strahlend, als Elek einen Teller mit geschmorter Gazelle vor ihr abstellte. „Und es ist gut durch."

„Natürlich ist es das", erwiderte Elek.

Kimber rümpfte die Nase über das gut durchgebratene, dunkle Fleisch auf Cardis Teller. Aber so mochten es die Frauen. Blut lief aus den Steaks der Männer, nur oben und unten waren sie ein wenig angebraten.

Cardis Magen knurrte, als sie nach ihrem Messer

griff. Kimber runzelte die Stirn. Hatte sie nichts gegessen? Sie schob die Ärmel ihres Kleides hoch und machte sich daran zuzuschlagen.

„Was ist das?"

Messer fielen klirrend auf die Porzellanteller. Gabeln blieben auf dem Weg zum Mund stehen. Alle drehten sich zu Kimber. Seine Augen waren auf Cardis Unterarm gerichtet. Dort prangte ein roter Fleck, der vorher nicht da gewesen war.

„Ach das?" Sie rieb mit einer Hand über die Stelle und kratzte sie dann. „Das ist nur ein Insektenstich. Izem und ich …"

Sie hielt inne und sah Kimber schüchtern an. Dann straffte sie ihren Rücken und fuhr fort.

„Izem hat mich bei unserem ersten Date zu einem Mitternachtspicknick an der Wasserstelle ausgeführt."

„An der Wasserstelle gibt es Megas", konstatierte Kimber. „Er hatte nichts, um deine Haut zu bedecken?"

„Ihm war nicht klar, dass ich gebissen werden würde. Er hatte zum ersten Mal ein Date mit einem Menschen."

Kimber biss sich auf die Zunge, bis er Blut schmeckte. Unter seiner Obhut war ihr noch nie etwas zugestoßen. Er hatte immer zuerst an ihre

Sicherheit gedacht und alles gründlich geplant, um sie zu schützen.

„Ein Mitternachtspicknick hört sich gut an", sagte Chryssie, die stets die Ruhe bewahrte. „Hat er etwas gekocht?"

„Na ja", erwiderte Cardi und schnitt in ihr zartes Fleisch. „Löwen sind nicht gerade für ihre Koch-künste bekannt. Er hat mir das beste Stück Fleisch geschenkt."

„Ich wette, es war roh", knurrte Kimber. Deshalb grummelte ihr Magen. Sie hatte nichts essen können.

„Er hatte auch Blüten." Cardi schnitt ihr Fleisch in immer feinere Stücke. „Er sich Mühe gegeben. Wenigstens hat er es versucht."

Kimber knirschte mit dem Kiefer. Doch als er sprach, war seine Stimme sanft. „Iss dein Essen, Cardinal. Sonst wird es kalt. Wir haben auch deine Lieblings-Nachspeise."

„Ben and Jerry's Cherry Garcia?"

Er nickte.

Cardi versuchte, ihr Grinsen zu unterdrücken, was ihr nicht gelang. „Danke."

Wenn sie sich für Izem entscheiden sollte, dann wäre es eben so. Aber der Kerl musste lernen, wie man für sie sorgte. Sie war stark, aber sie war auch zerbrechlich, und der Löwe musste das verstehen.

Das Klirren von Silberbesteck und das Kauen wurden von Musik aus einer Lautsprecherbox begleitet. Cardi blickte auf, als sie die Gabel zum Mund führte. Diesmal konnte sie sich ein Grinsen nicht verkneifen.

Ihre Augen leuchteten auf. „Ist das Madonnas *Crazy for You?*"

„Ja", erwiderte Corun und verzog das Gesicht. „Kimber dachte, es wäre schön, es während des Essens laufen zu lassen, weil es dir so gut gefällt."

Cardi wandte sich ihm zu, aber Kimber erwiderte ihren Blick nicht. Er war zu sehr damit beschäftigt, mit seinem Drachen zu ringen.

„Und nach dem Abendessen werden wir ein Turnier veranstalten", sagte Beryl. „Kimber lässt uns die Spielkonsolen im großen Saal anschließen."

„Das klingt toll", erwiderte Cardi.

Ihre Stimme klang anders. Kimber sah auf, um zu sehen, ob sie Schmerzen hatte oder sich unwohl fühlte. Sie hatte eine Träne im Auge, aber er konnte kein Blut riechen. Und sie lächelte, als sie sich die Träne wegwischte.

„Das bedeutet mir sehr viel", sagte sie, den Blick auf ihn gerichtet. „Ich habe euch vermisst."

„Das ist dein Zuhause, Cardi", sagte Ilia. „Das wird immer dein Zuhause sein, und wir deine Familie. Auch wenn du Löwenbabys bekommst."

Kimber erhob sich und verließ den Raum. Er konnte es nicht mehr ertragen.

KAPITEL SIEBZEHN

Cardi hatte nicht umhin können zu bemerken, dass Kimber sie während des gesamten Abendessens angeschaut hatte. Er konnte auch jetzt nicht aufhören, sie anzuschauen, als sie im Spielzimmer zwischen Ilia und Beryl auf der Couch saß. Sie hatte sogar seinen Blick auf sich gespürt, als sie hierher geflogen war. Seine Augen waren nicht kalt und hart wie Diamanten. Sie waren braun, was bedeutete, dass Kimber von dem Mann beherrscht wurde, nicht von seinem Drachen.

Cardi drückte einige Tasten und schaltete ihre Gegner im Spiel binnen weniger Minuten aus.

„Sie hat gewonnen", knurrte Beryl.

„Sie gewinnt immer", konstatierte Ilia.

Sie hatten recht. Cardi gewann immer. Heute

Nacht könnte die Nacht sein, in der sie das lange Spiel gewann, das sie seit ihrer Ankunft hier spielte.

„Es ist schon spät", sagte Corun von der anderen Seite des Raumes aus. Sein Arm lag um Chryssie. „Ich muss meine Gefährtin ins Bett bringen."

„Na klar", entgegnete Beryl schmunzelnd und wollte auf den Startknopf für ein neues Spiel drücken. „Das ist natürlich der Grund."

„Ich bin auch ziemlich müde, Beryl", sagte Poppy.

Beryls Finger schwebten einen Sekundenbruchteil über dem Knopf, bevor er zu seiner Gefährtin aufsah. Dann warf er den Controller beiseite und nahm sie in die Arme.

„War das zu fest?", fragte Beryl.

„Es hat mir gefallen", erwiderte Poppy atemlos. „Mach es nochmal."

Sie schrie leise auf, als er mit ihr die Treppe hinaufrannte. Einen Augenblick später wurde eine Tür laut zugeschlagen. Klar, sie wollten schlafen.

„Willst du eine Revanche?", fragte Ilia und hob den von Beryl beiseite geworfenen Controller auf.

„Nein, ich glaube, sie haben recht", erwiderte Cardi. „Es ist schon ziemlich spät. Und ich muss morgen früh arbeiten. Ich sollte nach Hause gehen."

„Nicht so spät nachts", mahnte Kimber.

Innerlich jubelte Cardi. Äußerlich sah sie

unschuldig zu ihm auf. „Im Ernst, Kimmy. Niemand wird mich unterwegs überfallen. Nicht, wenn die Löwen durch die Nacht streifen."

Kimbers Kiefer kribbelte. Es kostete sie all ihre Kraft, um die Maske der Unschuld auf ihrem Gesicht zu bewahren. Sie hatte heute kaum Make-up aufgetragen. Grimmald hatte keinen anständigen Spiegel in der Wohnung, also hatte sie nur das Nötigste getan. Sie hatte nicht wie eine gruselige Puppe aussehen wollen.

„Gut", sagte Kimber schließlich, und Resignation lag in seiner Stimme. „Soll ich Izem über den Kristall anrufen?"

„Was? Nein. Ich …" Cardi stand auf und ging auf ihn zu.

Kimbers Körper spannte sich an. Seine Augen leuchteten an den Rändern hell auf, aber sie blieben überwiegend braun. Er gab ein schnalzendes Geräusch von sich, als ob er mit den Backenzähnen knirschen würde.

Alles, was sie wollte, war, ihn aus seinem Elend zu befreien. Alles, was sie wollte, war, dass er sie aus ihrem Elend befreite. Alles, was sie wollte, war, dass er endlich zugab, dass er etwas für sie empfand.

„Soll ich dich nach Hause fliegen?", fragte Kimber.

„Du brauchst dich nicht zu verwandeln", erwiderte sie. „Du kannst mich begleiten."

„Es ist weit, Cardi."

„Es ist gleich da oben." Sie zeigte auf die zweite Etage des Schlosses. „Ich dachte mir, ich könnte heute Nacht hier schlafen. Wenn das in Ordnung ist …"

Kimber nickte und trat einen Schritt zurück, damit sie ihm vorausgehen konnte. Aber Cardi legte ihre Hand in seine Armbeuge. Seine Augen leuchteten auf, und seine Haut wurde heiß.

„Danke für das Abendessen", sagte sie, als sie die Treppe hinaufgingen. „Alles war wunderbar. Ich bin froh, dass ich immer noch herkommen kann."

„Dies wird immer dein Zuhause sein. Du wirst immer meinen Schutz haben. Egal, wofür du dich entscheidest."

Egal, wofür sie sich entschied? Da war sie wieder, die Wahl. Leona hatte etwas über Cardis Wahl erwähnt. Izem auch.

„Heißt das, es wäre okay für dich, wenn ich mich für Izem entscheide?"

Kimber drückte sie fester an sich. „Ich will das, was ich mir immer für dich gewünscht habe, Cardi: dass du in Sicherheit bist und ein langes Leben hast."

„Was ist mit meinem Glück?"

„Macht Izem dich nicht glücklich?"

Wie sollte sie darauf antworten? Also zuckte sie nur mit den Schultern.

„Er muss lernen, wie man sich um dich kümmert", fuhr Kimber fort. „Die Wasserstelle? Rohes Fleisch? Was sollte das?"

Sie erreichten die Tür zu ihrem ehemaligen Zimmer. Cardi drehte den Knauf, betrat es aber nicht. Sie lugte um die Ecke und schaute hinein.

Jemand hatte es aufgeräumt. Ihre bunte Bettdecke war entfernt worden, nur ein einfaches Laken lag auf der Matratze. Ihr ganzer Schmuck und ihr Spielzeug waren von der Kommode abgeräumt worden.

„Dieses Zimmer passt wirklich nicht mehr zu mir", sagte sie.

„Das stimmt. Du bist reifer geworden. Anfangs mochte ich es nicht, dass du arbeitest, aber es tut dir gut. Du bist verantwortungsbewusster geworden. Du verstehst die Welt besser."

Cardi nickte, als sie sich umdrehte, um ihm zuzuhören. Sie hatte seinen Arm nicht losgelassen. Sie lehnte sich an die eine Seite des Türrahmens. Kimber stützte seinen großen Körper an der anderen Seite ab. Nur wenige Zentimeter lagen zwischen ihnen.

„Du hast dich zu einer wunderbaren jungen Frau entwickelt, Cardinal. Ich möchte, dass du weißt, dass ich sehr stolz auf dich bin.“

„Danke, Kimber. Das bedeutet mir sehr viel.“

Er nickte. Dann beugte er sich vor. Cardi hielt den Atem an. Das war es. Er würde sie endlich küssen.

Und dann tat er es. Sein Kopf neigte sich, und seine Lippen zielten auf ihre Wange. Cardi drehte den Kopf in letzter Sekunde und fing seinen Mund auf.

Kimber keuchte, aber er wich nicht zurück. Er riss die Augen auf. Das Braun verwandelte sich blitzschnell in Diamanten.

Zwischen ihnen knisterte es leise. Cardi hielt den Atem an und wartete. Ihre Geduld zahlte sich aus. Kimber drückte zog sie an sich und kostete sie.

Das hier hätte ihr erster Kuss sein sollen. Nicht das unbeholfene Lecken, das sie vergangene Nacht mit Izem erlebt hatte. Das hatte sich falsch angefühlt. Das hier war genau richtig.

Kimber löste sich von ihr und fluchte. „Es tut mir leid. Wir sind beide müde. Du solltest ins Bett gehen.“

„Ich möchte ins Bett gehen. Aber nicht in dieses Bett. Ich möchte in dein Bett gehen.“

„Cardi …"

„Dann sag Nein." Sie drückte ihre Brust gegen seine und versuchte, die Lücke zwischen ihnen weiter zu verringern. „Sag mir, dass du es nicht willst."

Kimbers helle Augen waren so klar, dass Cardi die Verwirrung darin sehen konnte. „Du hast dich für Izem entschieden."

Warum redete er wieder von ihrer Entscheidung? „Kimber, was willst du? Wofür hast *du* dich entschieden? Ich weiß, dass du mich nach dem Kampf gegen deinen Vater an der Backe hattest …"

„An der Backe hatte? Ich hätte dich gehen lassen können. Ich hätte dich einem meiner Brüder geben können."

„Willst du damit sagen, dass du dich damals für mich entschieden hast?"

Er biss sich auf die Unterlippe. Dann stieß er einen Atemzug aus. Die Luft musste aus seinem tiefsten Inneren kommen, denn sie wärmte sie durch und durch.

„Wenn ich damals gewusst hätte, was ich heute weiß?" Er lachte leise.

Cardis Herz schlug ihr bis zum Hals. Jetzt würde es gleich kommen. Wenn er gewusst hätte, dass sie ihm so viel Ärger bereiten würde, hätte er sie weggeschickt.

„Wenn ich gewusst hätte, dass du so eine tolle Frau wirst, hätte ich den Streit mit meinem Vater schneller beendet. Ich hätte dich früher beansprucht, damit du jetzt keine Wahl hättest."

Cardi musste gegen das laute Klopfen in ihrer Brust ankämpfen und fürchtete, ihr Herz würde gleich aus ihr heraus bersten. „Ich habe keine Wahl. Ich hatte nie eine Wahl. Du warst es immer. Du wirst es immer sein."

„Du hast dich also für mich entschieden? Nicht für Izem?"

Cardi hatte Izem bereits gesagt, dass es zwischen ihnen nicht funktionieren würde. Nicht nach diesem Kuss. Dann war sie davongelaufen. Sie sehnte sich nach Unabhängigkeit, aber sie konnte nicht durchs Leben gehen, ohne Feuer zu spüren. Sie hatte Feuer in sich. Das Fell des Löwen war einfach zu kühl.

„Izem mag Madonna nicht. Er hat mir rohes Fleisch gegeben. Ich wurde von Käfern gebissen. Ich …"

Sie wurde durch einen weiteren Kuss von Kimber unterbrochen. Dieser Kuss war nicht sanft. Es war ein fordernder Kuss.

„Bitte, Kimber. Bitte wähle mich dieses Mal auch."

Kimber hob sie hoch. Sie schlang die Beine um seine Hüften und konnte seine heiße Erektion spüren. Sie keuchte.

„Nicht nur für dieses Mal", knurrte er. „Für alle Zeiten."

Ja. Ja, es hatte funktioniert. Sie hatte sich ein wenig Sorgen gemacht, aber endlich hatte sie ihren Drachen bekommen. Es hatte nur umgerechnet 30 Jahre in Menschenzeit gedauert. Und jetzt wollte er sie für sich beanspruchen. Der Göttin sei Dank trug sie heute Abend ein passendes Set aus Höschen und BH.

Kimber küsste sie auf dem Weg zu seinem Zimmer. Sie war sich erst bewusst, dass sie angekommen waren, als er die Tür hinter ihnen zuschlug. Dann warf er sie aufs Bett. Cardi landete mit einem dumpfen Aufprall.

„Wirst du ein braves Mädchen sein?", fragte er, während er sich über sie beugte wie ein Tier ohne Leine.

Cardi sah braune Flecken in seinen Augen, aber der Drache hatte ihn eindeutig unter Kontrolle. „Wahrscheinlich nicht", antwortete sie.

„Gut", knurrte er.

KAPITEL ACHTZEHN

K imber war außer Kontrolle geraten. Nicht der Mann. Die Bestie, der Drache.

Cardi lag auf dem Bett. Der untere Teil ihres Kleides war hochgerutscht und entblößte ihre elfenbeinfarbenen Oberschenkel. Wo waren die langen, spindeldürren Beine ihrer Jugend geblieben? Waren ihre Beine überhaupt jemals dünn gewesen? Oder hatte sie schon immer solch wohlgeformte Oberschenkel gehabt, die ihm das Wasser im Mund zusammenlaufen ließen?

Er musste zubeißen. Sein Verlangen war nicht mehr zu kontrollieren. Die Bestie würde sie bekommen.

Ihre aufgeblähten Nasenlöcher verrieten ihm,

dass sie es wollte. Die Art, wie ihre Zähne an ihrer Unterlippe kauten, sagte ihm, dass sie es brauchte. Und ihre Worte?

„Kimber, ich brauche dich."

Allein die süße Hitze der Erregung, die aus ihren Poren sickerte, hatte ihn das wissen lassen. Aber die Worte aus ihrem Mund besiegelten ihre Vereinbarung endgültig. Sie wollte das hier. Sie wollte ihn.

Und sie wird ihn bekommen, knurrte der Drache.

Aber Sicherheit ging vor.

Kimber holte ein Seil aus einer Truhe und begann mit dem Ritual des Fesselns. Es war zu ihrer Sicherheit. Aber natürlich machte es dem Drachen Spaß, die Spuren zu sehen, die die Seile auf ihrer Haut hinterließen. Feuer brannte in seinen Eingeweiden, als er ihren Körper straff zog und ihre Arme über ihrem Kopf zusammenband.

Zum ersten Mal, seit er sie kannte, war Cardi still. Ihre Augen waren groß, als sie das Knüpfen und Binden der Knoten beobachtete. Aber sie sprach kein Wort, nur leises Keuchen drang von ihren Lippen.

Ihre gefesselten Hände band Kimber an den Bettpfosten fest. Cardis Rücken wölbte sich dabei von der Matratze hoch. Da erkannte er seinen Fehler. Er hatte ihr das Kleid, das über den Kopf gezogen werden musste, noch nicht ausgezogen. Also würde er Morrigan auf eine weitere Einkaufstour schicken müssen.

Ein Riss tönte durch die Luft, als der Stoff in zwei Teile zerfetzt wurde. Wie durch ein Wunder protestierte seine Cardinal nicht, als er ihr ruiniertes Kleid zu Boden warf. Stattdessen bebte ihr Bauch, und sie presste die Knie zusammen.

Kimber befreite ihre Brüste aus ihren D-Körbchen. Ihre rosa Brustwarzen verhärteten sich, als er sie freilegte. Er nahm eine der kessen Beeren in die Hand und neigte den Kopf nach unten, um sie zu kosten.

Süßer als jede Frucht, die er je gegessen hatte.

Cardi zitterte unter ihm. Abwechselnd drückte sie sich an ihn, um mehr zu spüren, und zog sich dann wieder zurück, während er sie weiterhin liebkoste. Er wusste, dass es zu viel war, sowohl für ihn als auch für sie.

Kimber spreizte ihre Schenkel, drückte ihre Knie hoch und öffnete sie. Er schnappte sich ein weiteres Seil und band ihre Knöchel an ihre Oberschenkel, sodass ihre Mitte für ihn weit geöffnet war. Wieder wurde er sich seines unüberlegten Handelns bewusst, als er nach unten blickte und feststellte, dass sie ihr Höschen, das ihre intimste Stelle bedeckte, noch anhatte.

Er bezweifelte, dass er Morrigan dieses ersetzen lassen könnte. Von diesem Tag an würde Cardinal nichts mehr tragen, was sie von ihm trennte. Ein weiterer Riss hallte durch die Luft und vermischte sich mit Cardis unverständlichem Miauen.

Bei der Göttin, sie war so wollüstig wie eine räudige Katze. Er konnte die Bestie nicht länger zurückhalten. Er musste jeden Teil von ihr kosten. Er musste sich holen, was ihm gehörte, was ihm schon immer gehört hatte.

„Endlich", brüllte sein Drache.

Oder war das er, der Mann? Oder war das Cardi?

„Wirst du brav sein?", fragte er.

Ein verruchtes Lächeln breitete sich auf ihrem schönen Gesicht aus. Sie brauchte nicht zu antworten. Sie war absolut unbeweglich. Völlig seiner Gnade ausgeliefert. Aber er wusste, dass er immer noch um ihren kleinen Finger gewickelt war.

Kimber legte sich zwischen ihre Schenkel. Er ließ sich Zeit, deren Haut zu erkunden. Cardis Beine zitterten unter seinen Berührungen. Er wusste, dass die Fesseln das Vergnügen noch steigerten, da sie sich nicht von ihm und den Empfindungen, die er in ihr auslöste, losreißen konnte. Er wusste, dass sie gar nicht die Absicht hatte, sich von ihm loszureißen. Das hier hatte sie ihr ganzes Leben lang mit ihm tun wollen. Er konnte sich beim besten Willen nicht erinnern, warum er so lange gewartet hatte, um seine Gefährtin zu kosten.

Als er die rosa Stelle zwischen ihren Schenkeln erreichte, war Cardi nicht mehr zu halten. Sie kam mit dem ersten Lecken an ihrer Klitoris. Kimber hörte nicht auf. Er saugte an ihrer Knospe, wirbelte mit seiner Zunge darüber und drückte darauf. Zog mit seinen Lippen daran. Biss sanft hinein.

Er brauchte nicht mit dem Kopf oder der Zunge zu wackeln. Cardis Zittern tat das für ihn. Er brachte sie mit seinen Fingern zu einem zweiten Höhepunkt. Dann zu einem Dritten, mit einer Kombination aus seinem Mund und seinen Fingern, wobei er seinen Zeige- und Mittelfinger krümmte und auf die empfindliche Stelle drückte, die sie zum Schreien brachte.

Nach ihrem dritten Orgasmus beschloss er, dass er endlich zur Sache kommen musste. Kimber zog seine Kleidung aus. Er beugte sich zu ihrem Gesicht und küsste sie. Dabei rieb er seinen Schwanz an ihrer geschwollenen Vulva.

Er hob ihre gefesselten Schenkel an, bis seine Eichel genau dort lag, wo Cardi sie am meisten brauchte. Sie explodierte in einem weiteren Orgasmus. Sie war so empfänglich für ihn, so köstlich.

Cardi hatte seine Bestie jahrelang beherrscht, aber jetzt war er der Herrscher über sie, wie es sich gehörte. Sie war ihm hilflos ausgeliefert. Sie war bereit, alles zu tun, was er verlangte. Alles, was er wollte, war, in ihr zu sein, sie zu einem weiteren Höhepunkt zu treiben, und dann zu noch einem. Er wollte, dass sie beide in den Tiefen der Leidenschaft versanken.

Kimber war mit einem Stoß in ihr. Sie keuchte, aber sie schrie nicht auf. Und dann war er verloren. Er bewegte sich, allerdings nicht langsam. Er konnte nicht langsam sein. Er war so lange ohne sie gewesen, und sie war genau das, was er gebraucht hatte.

Mit einer schnellen Bewegung befreite er ihre Handgelenke. Sie sollte sich an ihm festhalten. Eher um seiner selbst willen als um ihretwillen.

„Meine", knurrte er.

„Meiner." Cardi grub ihre Nägel in seinen Rücken.

Er spürte, wie das Band, das zwischen dem Mädchen und dem Drachen bestand, enger wurde, als Frau und Mann gemeinsam einen weiteren Höhepunkt erreichten.

KAPITEL NEUNZEHN

„**E**s war alles, was ich mir je erträumt hatte. Nein, sogar noch mehr. Es war wie ein Remix aus *Papa Don't Preach* und *Like a Virgin* in einer Dauerschleife, der mit *Holiday* endete."

Cardi wusste aus der Zeitschrift *Teen Beat*, dass man mit seinen Freundinnen nicht über seinen Partner sprechen sollte. In dem Artikel wurde davor gewarnt, dass sie neugierig werden und den Wahrheitsgehalt des Gesagten selbst überprüfen wollen könnten. Aber Chryssie und Poppy waren beide in glücklichen Beziehungen. Sie machte sich also keinerlei Sorgen, dass eine von ihnen versuchen könnte, ihren Mann zu kosten.

Ihren Mann. Kimber war ihr Mann. Und er hatte sie gestern Abend zu einer Frau gemacht.

Ihre Oberschenkel schmerzten. Aber was für ein schöner Muskelkater das war! Sie schwebte auf Wolke sieben.

Ihr Inneres schmerzte, weil es sich immer wieder um Kimbers steifen, harten Schwanz gekrampft hatte. Ihre Handgelenke und Oberschenkel hatten leichte Abschürfungen von den Seilen. Ihre Lippen und Brüste waren wund von seinen Küssen.

„Ich habe das Gefühl, dass die *Bravo* mich überhaupt nicht auf meine erste sexuelle Erfahrung vorbereitet hat", sagte Cardi. „Er hat seine Zunge benutzt. Da unten. Ich wusste nicht einmal, dass es so etwas gibt."

Poppy und Chryssie tauschten einen weiteren wissenden Blick aus. Sie wussten also, wovon sie sprach. Cardi war nicht sauer darüber, dass sie es als Letzte erlebt hatte. Sie war überglücklich, dass sie gestern Abend endlich in diesen Genuss hatte kommen dürfen. Sie konnte gar nicht aufhören, auf dem Bett herumzutanzen.

Sie waren in Miyas Zimmer. Miya saß wie immer schweigend da und sah sich eine Folge von *The Facts of Life* an. Es war die Folge, in der Natalie den Jungen kennenlernte, an den sie schließlich ihre Jungfräulichkeit verlieren würde.

Ihre Jungfräulichkeit verlieren?

Das war so ein rückständiger Satz. Cardi hatte ihre Jungfräulichkeit nicht verloren. Sie hatte sie nie gewollt. Es war kein Verlust gewesen, sondern eine Befreiung. Und sie würde es wieder und wieder tun. Allein die Aufmerksamkeit, die Kimber ihren Brüsten geschenkt hatte …

„Und dann hat er diese Sache mit seinem Gemächt gemacht, die …"

„Seinem Gemächt?", wiederholte Chryssie. „Niemand nennt es Gemächt."

„So wird es in Liebesromanen genannt", protestierte Cardi. „Sein bebendes Glied, sein anschwellendes Verlangen."

Poppy und Chryssie überschlugen sich vor Lachen. Obwohl es Chryssie schwerfiel, sich zu drehen, da ihr Bauch immer größer wurde. Cardi legte eine Hand auf ihren eigenen Bauch. Auch sie könnte bereits Kimbers Baby-Drachen in sich tragen.

Vor ein paar Jahren hätte ihr diese Vorstellung noch Angst gemacht. Denn die meisten Opfergaben waren bei der Geburt gestorben. Außer Miya.

Aber jetzt wusste Cardi, dass sie die Mutterschaft überleben würde. Jetzt würde sie ihre Zwillingsdrachen-Jungen tatsächlich selbst aufziehen können …

„Cardi, du bist ja immer noch hier!" Ilia betrat das Zimmer und umarmte sie fest.

„Morgen, Illest Ilia. Hey, Electric Elek."

Elek löste sich aus den Schatten, ein Tablett mit Essen in den Händen. Cardi stöhnte dankbar auf, als sie sich die Dodo-Eier in den Mund schob. Sie war des Essens im Restaurant bereits überdrüssig, nachdem sie es in den vergangenen Tagen zum Frühstück, Mittag- und Abendessen zu sich hatte nehmen müssen.

„Ich freue mich, dass du dich für Kimber und nicht für Izem entschieden hast", sagte Elek.

„Als hätte Izem jemals eine Chance gehabt. Sie hätte sich immer für Kimber entschieden", kommentierte Ilia.

„Wovon redet ihr da?", fragte Chryssie.

„Hast du es nicht gehört?", entgegnete Ilia. „Die Oberhäupter der Familien haben im Rahmen der Vereinbarung eine neue Regel aufgestellt."

„Was für eine Regel?", fragte Chryssie.

Elek schlüpfte in den Schatten zurück, als ob er spürte, dass sich das Blatt wenden würde. Ilia sah ihm nach. Er spürte, dass etwas nicht stimmte, konnte aber offenbar nicht genau sagen was.

„Sie haben beschlossen, dass die Opfergaben jetzt das Recht haben, ihren Partner zu wählen, und die Wandler kämpfen nicht mehr bis zum Tod um sie. Was total unfair ist, da ich mir die nächste Opfergabe reserviert hatte.“

„Was hat das mit Cardi zu tun?“, fragte Chryssie. „Sie wurde bereits von Kimber beansprucht.“

Ilia schüttelte den Kopf. „Da Cardi eine freie Opfergabe war, hätte sie sich für Izem entscheiden können, und Kimber hätte auf seinen Anspruch auf sie verzichten müssen.“

„Es war mehr als das.“ Kimber erschien in der Tür. Er hatte nur Augen für Cardi, die sich hastig die Überreste des Eis aus dem Gesicht wischte.

„Ihr hattet also hinter meinem Rücken eine Wette laufen“, sagte Cardi und stand auf.

„Es war keine Wette“, korrigierte Kimber sie. „Es war eine Vereinbarung.“

„Eine Vereinbarung zwischen Männern?“

„Leona war dabei. Es war ihre Idee.“

Cardi konnte sich nicht erinnern, dass Kimber sie je so angesehen hatte.

„Es war immer deine Entscheidung, Cardinal.“ Er streckte die Hand nach ihr aus und zog sie zu sich heran. „Du hattest keine Wahl, als du hierherkamst, keinerlei Rechte. Ich habe gekämpft, damit du in Sicherheit bist, aber du hattest nie eine Wahl, was deinen Lebensweg angeht. Die hast du jetzt. Ich möchte, dass du dich für mich entscheidest."

„Natürlich entscheide ich mich für dich. Aber das hier ist sogar noch besser. Du hast eine Wette um mich abgeschlossen, wie in einem John-Hughes-Teenie-Film. Wie viele Frauen können das von sich behaupten – außer Molly Ringwald?"

Chryssie schüttelte den Kopf. Poppy zuckte mit den Schultern. Ilia nickte. Kimber zog Cardi an sich und küsste sie.

Sie hatte alles, was sie wollte. Den Mann. Die Familie. Einen großen Kleiderschrank. Einen Essensservice.

Aber das Beste von allem war, dass Kimber sie endlich wie eine Erwachsene behandelte. Er betrachtete sie als gleichberechtigt, indem er ihr diese Wahl ließ. Wie könnte sie sich nicht dafür entscheiden, den Rest ihres Lebens mit ihm zu verbringen?

KAPITEL ZWANZIG

„Die Lage hinter dem Schleier hat sich seit einiger Zeit verschlechtert." Kimber sah sich im Raum um und betrachtete alle Anwesenden. Die meisten stimmten seiner Aussage nickend zu. Nur ein paar Köpfe neigten sich missbilligend zur Seite. „Wir haben die Zeiten unserer Väter hinter uns, die von Unruhen und Blutvergießen geprägt waren, als sich die Wandler um Opfergaben stritten. Diese Kämpfe haben unsere Zahl schrumpfen lassen, und nur wenige sind noch von uns übrig."

Konan berührte die Narbe auf seiner Wange. Er hatte sie von seinem Vater bekommen, als er ihn um die Alphatier-Position herausgefordert hatte. Kimber wusste, dass Turin in einem Kampf mit seinem Vater eine ähnliche Wunde verpasst bekommen hatte.

Kimber hatte seine eigenen Wunden, die er niemandem zeigte. Der Kampf zwischen ihm und seinem Vater hatte mit gebrochenen Knochen und so viel vergossenem Blut geendet, dass man damit das ganze Schloss hätte rot streichen können.

„Es wird keine nachfolgenden Generationen geben, wenn wir nicht die Möglichkeit erhalten, uns fortzupflanzen", fuhr er fort. „Wenn wir untergehen, wird der Schleier im Chaos versinken. Diesmal noch schlimmer."

„Ich höre da heraus, dass wir unsere Arbeit nicht richtig machen." Hilda stand in ihren hohen Stiefeln auf dem Holztisch, an dem sie ihre Konferenz abhielten. Sie hatte während des ganzen Gesprächs mit den Zähnen geknirscht. „Ist es das, was du sagen willst? Dass wir den Frieden hier nicht bewahren können?"

„Nein." Kimber neigte den Kopf. Er wusste, dass es der Kriegerin lieber wäre, wenn er sich vor ihr verbeugte, aber er würde sich von nun an nur noch von einer Frau etwas sagen lassen. Und die saß sicher in seinem Schloss und wartete auf seine Rückkehr. „Ich will euch damit etwas von eurer Bürde nehmen. Wenn wir wieder Zugang zu Opfergaben hätten, dann würde keiner von uns mehr Ärger machen."

„Ihr habt die Regeln gebrochen!", rief Hilda. „Einer von euch ist mit einer unserer Schwestern durchgebrannt!"

„Das war ein Drache", sagte Konan. „Ein Drache mit einem willigen Weibchen."

Kimber warf ihm einen bösen Blick zu. Sie hatten über ein geschlossenes Auftreten gesprochen. Sie durften keine Uneinigkeit zeigen.

„Außerdem", fuhr Konan fort, „ist sie eine Walküre. Wenn Regin nach Hause kommen wollte, würde sie der Echse eins überziehen und zurückkehren. Die Tatsache, dass sie das nicht getan hat, könnte ein Hinweis darauf sein, was dort drüben wirklich vor sich geht."

Hilda stampfte mit den Füßen auf. Sie beugte sich mit funkelnden, goldenen Augen vor und knurrte wütend.

Kimber stellte sich zwischen sie und den Wolf. „Eine Wahl", sagte er. „Darum geht es hier. Früher hatten die Opfergaben keine Wahlmöglichkeiten. Aber einige Frauen hätten hier bei uns ein besseres Leben. Es gibt welche, die krank sind oder sich in gefährlichen Situationen befinden. Ihr würdet Leben retten, wenn ihr sie hierher zu uns bringt.

Hier würden wir sie so verehren, wie es die Göttin bestimmt hätte, wenn sie Zeit gehabt hätte, uns Gefährtinnen zu machen."

„Verehrung?", knurrte Hilda. „Ihr wollt Frauen hierherholen, damit ihr euch darum streiten könnt, wer sich zwischen ihre Schenkel schieben darf."

Abscheu ersetzte die Wut auf Hildas Gesicht. Die meisten Walküren kannten die fleischlichen Gelüste nicht. Vor allem deshalb, weil die meisten männlichen Spezies Angst vor ihnen hatten. Die Kriegerinnen konnten mit Leichtigkeit jeden Mann töten, der sie auch nur schief ansah. Kimber wusste, dass Hilda eine Schwäche für den Donnergott hatte. Aber der mächtige Thor hatte in ihr nie mehr als eine ebenbürtige Verbündete im Kampf gegen die Reifriesen gesehen.

„Nein", erwiderte Kimber geduldig. „Sie würden wählen. Es wäre ihre Entscheidung."

„Macht das nicht den Sinn der Opfergaben zunichte?", fragte Siggy. „Ich dachte, Frauen mögen es, wenn man ihnen sagt, was sie zu tun haben. Dass man sie fesselt und mit ihnen macht, was man will?"

Sie leckte sich über ihre glänzenden Lippen. Es gab Gerüchte, dass Siggy nicht so unschuldig war, wie sie aussah – wobei sie eigentlich gar nicht besonders unschuldig aussah.

Dennoch verstand Kimber, was die wollüstige Walküre damit meinte. Er hatte gesehen, wie Cardis Augen geleuchtet hatten, als er sie gefesselt hatte. Er hatte gewusst, dass sie es gewollt hatte. Er konnte es kaum erwarten, zu ihr zurückzukehren und sie erneut zu fesseln. Aber zuerst musste er diese Sache zu Ende bringen.

„Ich finde, wir sollten sie machen lassen, was sie wollen, Hild", sagte Siggy.

„Was wäre für uns drin? Mehr Edelsteine?" Morrigans spitze Ohren spitzten sich noch mehr. Sie alle wussten, was Morrigan auf ihre Seite ziehen würde: eine üppige Entlohnung.

„Die Drachen würden euch Edelsteine für zwei weitere Opfergaben zukommen lassen", antwortete Kimber.

„Zwei? Meinst du nicht drei?", fragte Morrigan.

Er wünschte, er hätte drei sagen können, aber er hatte keine Hoffnung, dass Rhoyl jemals zu ihnen zurückkehren würde. Es war zu spät. „Zwei für die Drachen, im Tausch gegen Topas- und Jade-Edelsteine."

Die Augen der Walküren leuchteten bei der Erwähnung von Edelsteinen.

Kimber nickte Leona zu. Die Löwin beugte sich vor, um das Angebot ihrer Höhle vorzulegen.

„In unserer Wasserstelle gibt es Gold", sagte sie. „Meine Jungen werden es für gute Opfergaben abbauen. Keine verweichlichten Frauen. Blondinen werden bevorzugt, da sie die schlauesten Kreaturen sind."

„In unseren Höhlen gibt es Silber", sagte Konan. „Es wäre uns eine Ehre, es für die Walküren abzubauen."

„Und in unseren ist Kupfer", sagte Turin.

Hilda lehnte sich zurück und dachte darüber nach. „Das klingt nach Sexhandel."

„Ist es nicht", sagte Kimber. „Alle Frauen müssen volljährig sein. Ihr würdet sie auswählen. Sie können sich zwischen uns entscheiden. Ihr würdet genug Edelsteine und Edelmetalle bekommen, um damit einen Teich zu füllen."

Die Älteste der Walküren atmete langsam ein, und ihre Augen funkelten. Kimber wusste, dass Siggy und Morrigan an Bord waren. Er konnte Hildas Verhalten nicht interpretieren. Es waren eindeutig zwei gegen eine. Aber Demokratie war für die Töchter der Göttin ein unbekanntes Wort.

„Wir werden darüber nachdenken und uns wieder bei euch melden", sagte Hilda schließlich.

Kimber atmete tief durch. Es war kein sofortiges Nein. Es war vermutlich ein Ja.

Er hatte es geschafft. Er sah sich um, als die Walküren den Raum verließ. Alle Versammelten klopften ihm auf die Schulter. Alle außer Leona.

„Wie geht es Izem?", fragte Kimber. Er war nicht schadenfroh. Er hoffte, dass er seine Wunden leckte und sich erholt hatte. Es war der erste Test für die neue Regel gewesen, auf deren Einführung seine Mutter bestanden hatte.

„Als ob du dich um mein Junges kümmern würdest", knurrte Leona. „Du hast Cardinal fair und ehrlich gewonnen. Obwohl ich ihr das erlesenste Stück Fleisch gegeben habe."

„Ein Tipp für die nächste Frau in eurer Obhut: Füget dem Fleisch ein wenig Feuer hinzu."

„Warum?" Leona runzelte die Stirn. „Meine Enkelkinder brauchen rohes Fleisch."

Kimber wollte nicht mit ihr streiten. Sie würde noch früh genug lernen, dass menschliche Frauen ihren eigenen Willen hatten. Kimber hatte nur den Wunsch, so schnell wie möglich zu Cardi zurückzukehren.

KAPITEL EINUNDZWANZIG

„Es tut mir so leid, dass ich dir das antun muss, Grimmald. Aber ich habe endlich den Job bekommen, den ich unbedingt wollte: die knallharte Gefährtin des größten, furchteinflößendsten Drachen des gesamten Schleiers zu sein.“

An diesem Abend war im *God's Teet* viel los, sodass alle mitbekamen, dass Cardi endlich beansprucht worden war. Sie hatte ihre Morgenschicht sausen lassen. Zunächst einmal, weil sie bis mittags ausgeschlafen hatte. Dann, nachdem Kimber sie in Miyas Zimmer gefunden und ihr das mit seiner Wette gestanden hatte, hatten sie einen Quickie auf ihrem alten Bett gehabt.

Und Quickie hatte bedeutet, dass Kimber sie eine gute Stunde lang festgehalten und in sie gestoßen hatte, bevor er sie losgelassen hatte. Cardi hatte sich ein paar Stunden lang nicht bewegen können, und er war auf seiner Besprechung gewesen.

Als die Sonne unterzugehen begonnen hatte, hatte sie sich gedacht, dass sie ihrem alten Arbeitgeber mitteilen sollte, dass sie kündigen würde. Ihre Schicht war bereits vorbei. Es war das Verantwortungsvollste, was sie hatte tun können.

„Kein Problem", erwiderte Grimmald, während er hinter der Bar Getränke mixte. „Gib einfach nur deine Schürze ab."

„Mir ist klar, dass es dir das Herz bricht, mich nicht mehr im Team zu haben, aber ich bin gerne bereit, meine Nachfolgerin einzuweisen." Sie drehte sich um und stieß mit einem Tablett voller Geschirr zusammen. Es fiel krachend zu Boden.

In der Bar kam alles zum Stillstand. Mann, sie wurde hier wirklich dringend gebraucht. Aber sie zog ihre neue Position im Schloss vor.

„Lass mich dir helfen." Cardi bückte sich, aber es kam zu einem weiteren Zusammenstoß, als ein Kellner ihrer gebückten Gestalt ausweichen wollte.

„Das ist nicht nötig", sagte Grimmald. „Du hast recht. Es bricht mir das Herz, dich gehen zu lassen. So sehr, dass ich dir den Lohn der nächsten Woche zahle, damit du schnell gehst und mich nicht weinen siehst."

„Oh, Mann, wie rührend. Ich komme bald wieder. Das hier ist immer noch mein Lieblings-Restaurant."

Grimmald nickte und geleitete sie zur Treppe. So war es wirklich am besten. Sie wollte nicht sehen, wie der Mann weinend zusammenbrach, weil sie nicht mehr hier arbeitete.

Cardi ging nach oben in ihre Wohnung, um ihre Sachen zu packen. Sie hatte nicht viel mitgebracht, weil sie nur wenig hatte unterbringen können. Ilia wartete unten, um sie und ihr Gepäck wieder nach Hause zu bringen, wo sie hingehörte. Sie würde ihr altes Zimmer behalten, aber nur für ihre Sachen. Kimber hatte zwar ein großes Zimmer, aber sein Kleiderschrank war nicht groß genug für sie beide. Außerdem bezweifelte sie, dass sie viel tragen würde, wenn sie sich bei ihm aufhielt.

Sie schaute auf die Spielsachen und Plüschtiere, die verstreut auf dem kleinen Bett lagen. Sie schaute auf ihren leeren Koffer. Dort war zwar Platz für das ganze Zeug, aber Cardi wurde den Gedanken nicht los, dass es dort nicht mehr hingehörte. Vielleicht gab es Elfen-Sprösslinge, denen sie es geben könnte?

Während sie über das Schicksal ihrer Plüschtiere

und Spielzeug-Ponys nachdachte, klopfte es an der Tür.

„Ich bin noch nicht fertig, Ilia!"

Das Klopfen wurde zu einem Hämmern. So klopfte Ilia normalerweise nicht. Eigentlich klopfte er nie an. Man musste ihn ständig ermahnen, ein privates Zimmer nicht zu betreten, ohne sich vorher anzukündigen. Vielleicht hatte er es endlich kapiert.

Aber es war nicht Ilia.

„Hallo, Izem."

„Darf ich reinkommen?"

„Ich glaube nicht, dass das eine gute Idee ist. Kimber würde ausrasten."

Izem lehnte sich gegen den Türrahmen. „Ist dein Gefährte etwa eifersüchtig?"

„Ja", erwiderte Cardi nickend, und ein kleines Lächeln umspielte ihre Lippen. „Das ist er. Hör zu, es tut mir leid, dass es zwischen uns nicht geklappt hat."

„Mir auch, aber ich wollte nur …"

„Du bist wirklich ein toller Kerl, aber ich musste einfach auf mein Herz hören, weißt du?"

„Ich verstehe das, es ist nur so, dass …"

„Und eigentlich habe ich immer zu Kimber gehört. Es war unvermeidlich. Nicht, dass ich dich benutzt hätte oder so. Aber als du Interesse an mir gezeigt hast, hat das Kimber geholfen zu erkennen, dass er und ich schon immer füreinander bestimmt waren."

„Ich freue mich für dich, aber könnte ich …"

„Und, oh mein Gott, der Versöhnungssex …" Cardi warf den Kopf zurück. „Phänomenal!"

Izem schürzte die Lippen. In seinen Augen lag ein ungeduldiges Funkeln.

„Tut mir leid", sagte Cardi. „Wolltest du etwas sagen?"

„Du hast immer noch meine Jacke. Ich würde sie gerne wiederhaben."

Seine Jacke? Von ihrem Date. „Oh. Ja. Klar."

Sie holte seine Lederjacke aus dem Schrank und reichte sie ihm. Ihre Finger berührten sich, aber es sprühten keine Funken zwischen ihnen.

„Bist du mir böse?", fragte sie.

„Nein", erwiderte er und schlüpfte in seine Jacke. „Du hast mir eine Menge über Frauen beigebracht. Ich glaube, ich bin jetzt bereit, wenn die ersten Opfergaben eintreffen."

„Die ersten Opfergaben?"

„Hast du es nicht gehört? Kimber hat die Walküren überredet, weitere Opfergaben herzubringen. Also habe ich vielleicht doch noch eine Chance."

„Oh. Schön für dich."

„Danke für alles, Cardi. Wir können doch weiterhin Freunde sein, oder?"

„Klar. Freunde. Ja. Tschüss."

Cardi schloss die Tür. Er hatte nicht eine Träne vergossen. Dabei hatte sie ihm ihr erstes Date geschenkt. Und ihren ersten Kuss. Das war eine große Sache gewesen. Das verdiente mindestens einen Becher Eiscreme und ein paar Tränen. Aber Izem hatte fröhlich ausgesehen.

Wie auch immer.

Es klopfte erneut an der Tür. Na toll. Was wollte er dieses Mal? Freundschaftsarmbänder machen?

Cardi öffnete sie. Es war nicht Izem. Es war nicht Ilia. Sie öffnete den Mund, um nach einem von ihnen zu schreien. Aber ihr ungebetener Gast gab ihr eine Ohrfeige, und alles wurde schwarz.

KAPITEL ZWEIUNDZWANZIG

Kimber flog rasend schnell durch den dunklen Himmel. Er war ein Narr gewesen, Leona zu vertrauen. Er hatte gewusst, dass etwas nicht stimmte, als er mit ihr gesprochen hatte, nachdem die Walküren gegangen waren.

Er hatte ungeduldig in seinen Zimmern gewartet, nachdem er erfahren hatte, dass Cardi aufgebrochen war, um ihren Job zu kündigen und ihre Wohnung zu räumen. Er konnte nicht leugnen, dass ihr Wunsch nach Unabhängigkeit ihm endlich die Schuppen von den Augen hatte fallen lassen. Zu sehen, wie sie ihr Leben selbst in die Hand nahm, hatte ihn erkennen lassen, dass er ihr die Zügel wieder aus der Hand nehmen wollte.

Jetzt, da sie wieder in seiner Obhut war, hatte er nicht vor, seinen Griff zu lockern. Und ihr Stelldichein vorhin in ihrem Bett hatte ihm endgültig bewiesen, dass er sie nun auf ganz neue Weise würde beherrschen können.

Kimber wollte sie wieder berühren, ihre Lust wecken und steigern, ihr laute Schreie und Stöhnen entlocken. Aber die Sonne war untergegangen, und sie war immer noch nicht zurück in seinen Armen.

Da hatte er die Sache selbst in die Hand genommen. Er hatte sich verwandelt, und nun flog er in die Stadt. Als er wieder in seiner menschlichen Gestalt war, öffnete er die Türen des *God's Teet*. Er bot den weiblichen Elfen eine einmalige Show mit seiner völligen Nacktheit, aber das war ihm egal. Er hatte nur Augen für Cardi.

Aber sie war nicht da.

Er entdeckte Ilia, der sich mit ein paar Elfen unterhielt, während er einen dampfenden Becher hinunterstürzte. Kimber machte sich nicht die Mühe, seinen jüngeren Bruder zu schelten. Stattdessen drehte er sich um und stürmte die Treppe zu Cardis ehemaliger Wohnung hinauf.

Aber auch hier war sie nicht. Allerdings waren es ihre Sachen. Ihr Koffer lag offen auf dem Bett, zusammen mit ihren Kuscheltieren und Schmuckstücken. Sie wäre nicht ohne sie weggegangen. Vor allem nicht ohne ihre Madonna-Kassetten. Und da roch er es.

Fell.

Kimber, Rhoyl und Ilia landeten mit einem lauten Geräusch, das die Erde erbeben ließ, vor der Löwenhöhle. Drei der Jungtiere waren draußen und häuteten eine Gazelle. Sie sahen auf, als die Drachen sich näherten. Ein Grinsen breitete sich auf ihren Gesichtern aus. Die dummen Jungen – er war auf Blut aus.

„Wo ist sie?", brüllte Kimber.

„Sie hat einen Namen", erwiderte einer der Jungen, der sich in eine Verteidigungshaltung begab, nicht ahnend, dass er den Platz der Gazelle einnehmen würde.

„Wo ist meine Gefährtin?"

Das Gesicht des Jungen verfinsterte sich. Er senkte die Fäuste. „Deine Gefährtin? Unsere Mutter ist nicht deine Gefährtin."

„Mama", rief ein anderes Jungtier und drehte sich zur Höhle. „Du hast dich mit einem Drachen gepaart?!"

Leona erschien in der Tür. Sie trat langsam heraus, mit wachsamem Blick.

„Ich werde ihn nicht Papa nennen."

Leona gab dem Jungen einen Klaps auf den Hinterkopf, bevor sie sich an Kimber wandte. „Was macht ihr Idioten hier auf meinem Land?"

„Wo ist Cardi?" Kimbers Stimme war gefährlich tief und eher ein Knurren. Der Drache hatte die Kontrolle, und er wollte Blut.

Leona hob die Augenbrauen. „Du hast deine Gefährtin schon wieder verloren, nachdem du sie eben erst beansprucht hast? Vielleicht wollte sie dich ja doch nicht …"

Die drei Jungtiere stellten sich hinter ihrer Mutter auf. Das war nicht feige. Leona war nicht nur die Königin des Dschungels, sie war auch die Stärkste in ihrem Bau.

Sie würde nicht zögern, Kimber eine reinzuhauen. Sowohl Mann als auch Tier verabscheuten jedoch den Gedanken, ein Weibchen zu verletzen, auch wenn es sich um Selbstverteidigung handeln würde.

Aber so weit würde es nicht kommen müssen. Noch nicht. Es gab noch einen anderen Löwen, an dem er seine Wut würde auslassen können.

„Wo ist Izem?"

„Er ist in die Stadt gegangen", erwiderte einer der Jungen.

„Ich komme gerade aus der Stadt", sagte Kimber.

„Ich habe seinen Geruch in ihrem Zimmer wahrgenommen, und sie war weg. Es sah aus, als wäre sie entführt worden."

„Cardinal? Entführt?" Leona schnaubte. „Das bezweifle ich. Und wenn doch, dann ganz sicher nicht von meinem Jungen. Löwen halten ihr Wort."

Kimber ärgerte sich über diese Andeutung.

„Er würde nicht mit deiner Gefährtin durchbrennen. Er plant, sich eine von der nächsten Lieferung zu nehmen, wenn die Walküren unseren Forderungen zustimmen. Das tun alle meine Jungs. Wir haben aus diesem Grund die größte Gazelle zur Strecke gebracht."

Kimber ignorierte das rohe Fleisch. Er hob die Nase in die Luft, um nach einer Spur von Cardis Geruch zu suchen. Er fand keine. Er roch nur Fell und Blut. Vielleicht sagte Leona ja die Wahrheit. Cardi war nicht hier.

Doch dann kitzelte der Wind Nase, und er roch sie. Sie kam immer näher. Er wirbelte herum und sah Izem. Als der Löwe vor ihm stand, konnte Kimber Cardi nicht sehen. Aber ihr Geruch war an ihm dran. Sein Drache war im Handumdrehen auf dem Jungtier.

„Was hast du mit ihr gemacht?", knurrte der

Drache durch die zusammengebissenen Zähne des Mannes.

„Mit Cardi? Nichts. Ich wollte nur meine Jacke zurückholen."

„Wo ist sie?", knurrte Kimber.

„Als ich wieder ging, war sie in ihrer Wohnung und packte."

Langsam zog Kimber seine Krallen wieder ein und wuchtete seinen Körper von Izem. Er wusste, dass der Junge die Wahrheit sprach. Wo also war Cardi? Wenn die Löwen sie nicht geholt hatten, wer dann? Die Bären? Die Wölfe?

Ein Krieg wäre eine Katastrophe für den Frieden und die Vereinbarungen, die sie gerade getroffen hatten. Aber jetzt, wo seine Gefährtin entführt worden war, zählte all das nicht mehr für ihn.

KAPITEL DREIUNDZWANZIG

Der Text von *Like a Prayer* schoss Cardi durch den Kopf. Das Leben war in der Tat ein Rätsel. Sie war allein, aber sie stand nicht aufrecht. Sie lag, und der Kopf tat ihr weh.

Cardi öffnete die Augen und sah nicht viel. Sie befand sich in einem Zimmer. Es war spärlich eingerichtet und bot nur wenig Komfort.

Es gab ein Bett aus unbehandeltem Holz. Die Matratze musste mit Stroh ausgestopft sein. Es roch nach Pisse und Dung.

Sie setzte sich auf und wünschte sich sofort, sie hätte es nicht getan. Von der abrupten Bewegung flogen kleine Vögelchen um ihren Kopf. Ihr Magen war bereit, das Essen loszuwerden, das Elek vergangene Nacht für sie zubereitet hatte. Mit einem tiefen

Atemzug gelang es ihr, die Mahlzeit bei sich zu behalten.

Als sie sich umsah, stellte sie fest, dass das Bett nicht der einzige Komfort in diesem Zimmer war. Es gab auch einen kleinen Kleiderschrank. Darin befand sich ein einziges Kleidungsstück. Man konnte es nicht als weiß bezeichnen. Es war farblos und schmuddelig. Cardi trug gerne bunte Sachen. Mehr als die Lage, in der sie sich befand – gefangen in einem Ein-Sterne-Motel –, ärgerte sie das am meisten: dass man von ihr erwartete, ein tristes Gewand zu tragen. Vielleicht könnte sie den Saum und die Ärmel zerfetzen, damit sie wie Fransen aussähen?

Auf einem kleinen Tisch stand etwas zu essen. Ein paar Blüten und ein Stück graues Fleisch. Wenigstens war es gekocht. Vielleicht könnte sie die Blumen verwenden, um das Gewand aufzuhübschen.

Nein. Denke nach. Konzentriere dich auf das, was nun getan werden muss.

Sie war entführt worden. Man hatte sie gekidnappt. Sie hatte keine Ahnung, wo sie war. Als sie aus dem Fenster schaute, sah sie einen vertrauten Anblick. Sie war in den Bergen von Gaia.

Zum ersten Mal seit Jahren durchfuhr sie wirkliche Angst.

Ein humpelndes Geräusch kam immer näher. Cardi lief zum Fenster. Sie könnte auf den Balkon hinaustreten, aber von dieser Höhe aus gab es keinen Weg nach unten. Hier kam man nur fliegend wieder heraus. Aber Kimber würde nie auf die Idee kommen, hier nach ihr zu suchen. Er würde nie erraten, wer sie entführt hatte. Denn er sollte eigentlich tot sein.

Die Tür öffnete sich, und ihr einstiger Albtraum stand in deren Rahmen.

Gneiss sah kleiner aus, als sie ihn in Erinnerung hatte. Sie war noch so jung gewesen, als sie von Morrigan auf seiner Türschwelle abgesetzt worden war. Damals war er ihr so groß vorgekommen. Ihr freches Mundwerk war immer ihre beste Waffe gewesen. Sie setzte sie nun ein.

„Ist das deine einzige Möglichkeit, ein Familienmitglied zum Essen einzuladen? Es zu entführen?"

Gneiss verdrehte die Augen angesichts ihrer Fragen. Sie waren kalt und ausdruckslos. Von dem Mann war kaum noch etwas übrig. Seine Bestie hatte ihn völlig unter Kontrolle. Sein Körper war eher von Schuppen als von Haut bedeckt. Seine Nägel waren dunkel und schwarz, mehr Krallen als

Finger. Sein Gesicht war zerschrammt und entstellt von dem Kampf, den er gegen seinen Sohn verloren hatte. Dem Kampf, der ihn hätte töten sollen. Und doch war er hier.

„Ich war froh, dass mein Sohn mich besiegt hat, um dich zu gewinnen", sagte Gneiss. „So musste ich mir dein Geschwätz nie anhören. Du warst die geschwätzigste aller Opfergaben und hast die ganze Zeit sinnloses Zeug geredet."

„Da bin ich anderer Meinung. Ich hatte immer die interessantesten Dinge zu sagen", entgegnete Cardi. Hier war sie nun und benutzte ein Mundwerk, das ihr diesmal nicht würde helfen können.

„Das einzig Interessante an dir war deine Gebärmutter. Endlich, nach all den Jahren, hat man sie genutzt."

„Warte mal!" Cardi runzelte die Stirn. „Du weißt, dass Kimber und ich gepoppt haben?"

Er ignorierte ihre Frage. „Ich nehme an, es war dein Mundwerk, das ihn all die Jahre von deinem Bett ferngehalten hat. Aber wie ich sehe, hat er endlich seine Pflicht erfüllt."

„Das geht dich sowas von rein gar nichts an!" Vergessen war die Tatsache, dass sie jedem, der ihr zugehört hatte, von ihrem Sex mit Kimber erzählt hatte … Aber diesen Arsch hatte das wirklich nicht zu interessieren. „Glaub nicht, dass du was abkriegst. Er hat mich markiert. Er hat mich beansprucht. Ich gehöre ihm."

„Ich bin nicht an dir interessiert", erwiderte er und verzog angewidert die Lippen. „Ich will nur das, was mir rechtmäßig zusteht."

Cardi starrte ihn an. Sie hatte keine Ahnung, was dieser verrückte Drache da von sich gab. Und es war ihr auch egal. Sie wollte nur weg von hier und zurück zu Kimber.

„Die Jungtiere."

„Die Jungtiere …?" Ihr Magen knurrte wieder. Oh-oh, Papa hatte gepredigt, und sie steckte verdammt tief in der Klemme.

„Es ist mir egal, wie sie dorthin gekommen sind. Sie sind die nächste Generation. Meine Kinder sind alle weich geworden und haben sich mit Löwen, Bären und Wölfen eingelassen. Aber diese Drachen, die du jetzt in dir trägst, werden stark sein. Sie werden zu dem aufsteigen, wozu Drachen bestimmt sind: den Königen des Schleiers."

Er wollte ihre Babys. Sie würde Babys bekommen. Kimbers Babys. Zum Teufel, dieses Monster wollte sie haben. Cardi war noch nie gut im Teilen gewesen und hatte nicht vor, jetzt damit anzufangen.

„Iss dein Abendessen und ruh dich aus!", befahl Gneiss. „Du musst die Jungen stark machen. Und du musst Kraft für die Geburt sammeln. Ob du nun Feuer im Blut hast oder nicht, wenn sie kommen, können sie dich trotzdem zerreißen."

Gneiss schloss die Tür. Er ließ den Balkon offen. Von diesem konnte sie nicht springen. Schreien würde nichts bringen. Sie brauchte ein Gebet.

Warte mal … Ein Gebet. Sie ging in die Hocke und zog die Strohmatratze vom Bett. Darunter lagen Holzbretter. Perfekt.

KAPITEL VIERUNDZWANZIG

*K*imber tobte sowohl innerlich als auch äußerlich. Der Akazienwald brannte. Der Geruch von versengtem Fell und gut durchgebratener Gazelle durchdrang die Luft.

„Atme durch die Nase", sagte Ilia zu ihm.

„Das bringt doch nichts", knurrte Leona leise. „Das Feuer *kommt* ja aus seiner Nase."

In den vergangenen Jahren hatte es Tage gegeben, an denen Kimber Cardi absichtlich aus dem Weg gegangen war. Aber er hatte ihre Anwesenheit immer spüren können. Jetzt fühlte es sich wirklich so an, als wäre sie aus seinem Leben, aus seiner Welt verschwunden. Er riss den Mund auf und wollte brüllen, aber es kam nur Feuer heraus. Keine Worte.

„Vielleicht hat sie dich einfach verlassen", sagte

Leona. Ihre Stimme war ruhig, trotz der überall lodernden Flammen.

„Es gab Anzeichen eines Kampfes", sagte Ilia. „Sie wurde entführt."

„Aber wenn nicht von Löwen, Wölfen oder Bären, von wem dann?" Das kam von Konan.

Sein Rudel hielt sich auf der Lichtung abseits der Flammen auf. Sie waren gekommen, da Leona sie gerufen hatte, um zu erfahren, ob Cardi sich in die Nähe ihres Territoriums gewagt hatte. Das hatte sie nicht.

Die Bären schliefen noch. Aber Turin hatte den Kristallanruf entgegengenommen. Er war nach draußen gegangen und hatte in der Luft geschnuppert, um dann zurückzukommen und ihnen zu versichern, dass Cardi nicht in die Nähe ihrer Höhlen gekommen war.

Wo also war sie hingebracht worden? Kimber würde den gesamten Schleier zerreißen, um sie zu finden.

„Vielleicht hat eine Elfe sie mitgenommen?", schlug einer der Jungen vor.

„Zu welchem Zweck?", fragte Konan. „Ein Drache würde sie Blüte für Blüte zerreißen."

„Vielleicht für ein Lösegeld?", sagte einer der

Wölfe. „Jeder weiß, dass die Drachen über eine Menge Edelsteine verfügen."

„Wenn das überhaupt möglich wäre, hätten sie einen Zettel mit einer Forderung nach Lösegeld hinterlassen", sagte Leona. „Wenn nicht bereits dann, als sie sie mitgenommen hatten, dann spätestens jetzt. Es handelt sich um Cardi. Sie geht ihnen bestimmt schon längst auf die Nerven."

Kimber musste darüber fast lächeln. Seine Cardinal machte ihren Entführern bestimmt schon die Hölle heiß.

„Könnten es die Walküre gewesen sein?", fragte Leona.

„Cardi hat ein gutes Verhältnis zu ihnen", erwiderte Ilia. „Sie wäre freiwillig mit ihnen mitgegangen."

„Meine Jungs sind alle hier", konstatierte Leona schließlich. „Die Wölfe und Bären haben versichert, dass sie nicht bei ihnen ist. Und es gibt keine anderen Drachen im Schleier."

Kimbers Blut gefror. Es gab sehr wohl noch einen weiteren Drachen im Schleier. Einen, über den Kimber nicht mehr gesprochen hatte. Das war eine Bedingung dafür gewesen, dass er seinen Vater am Leben gelassen hatte. Er hatte nie wieder etwas von der alten Bestie hören oder sehen wollen.

Aber Gneiss war am Leben. Nicht gerade gesund und munter, aber er atmete. Cardis Verschwinden ließ Kimber an seinen Vater denken.

Jetzt war es an der Zeit, die Sache ein für alle Mal zu beenden. Er hatte keine andere Wahl, wenn er Cardi zurückbekommen wollte.

„Ich weiß, wer sie hat."

Alle Blicke richteten sich auf ihn. Kimber würde seine Schande zugeben müssen, um die Frau, die er liebte, zurückzubekommen.

„Mein Vater."

„Wie denn, bitteschön?", fragte Konan. „Ist er von den Toten auferstanden?"

Konan hatte seinem eigenen Vater die Kehle herausgerissen, als er ihn wegen der Alpha-Position herausgefordert hatte. Aber im Gegensatz zu Gneiss war er auch zerstückelt worden.

„Er ist nicht tot", gab Kimber zu, als die Flammen in seiner Kehle endlich erloschen waren. „Ich habe Gnade walten lassen. Ich habe ihn in die äußeren Regionen verbannt."

Wölfe, Löwen und sogar seine Brüder sahen sich gegenseitig an. Ilia drehte Kimber den Rücken zu. Ihr Vater hatte Ilia, den Schwächsten des Wurfes, dem Tod überlassen. Doch Kimber hatte gegenüber dem gefühllosen Drachen Erbarmen gezeigt.

„Was sollen wir tun?", fragte Konan.

Kimber hatte nicht erwartet, dass sich jemand bereit erklären würde, mit ihm zu kommen, um sie zu finden. Konan streckte die Hand aus, und Kimber ergriff sie und drückte sie voller Dankbarkeit.

„Wir stehen hinter dir", sagte Izem. „Auch wenn Cardi nicht meine Gefährtin ist, betrachte ich sie als meine gute Freundin. Ich werde mich euch anschlie-ßen. Das werden wir alle."

„Das wirst du nicht!", herrschte Leona ihn an.

„Unsere Familie hat einen Pakt geschlossen, ein Bündnis", sagte Izem. „Dieses werde ich ehren."

Leona knirschte mit den Backenzähnen. „Aber das Land ist riesig. Man könnte wochenlang suchen, sogar monatelang."

Damit hatte sie recht. Aber Kimber würde den Rest seines Lebens mit der Suche nach Cardi verbringen. Wenn er seinen Vater finden würde, würde er ihn dieses Mal in Stücke reißen. Ohne Gnade. Und wenn er sie verletzt haben sollte, würde Kimber ihn langsam über einem lodernden Feuer verbrennen, dessen Flammen aus seinem eigenen Maul kämen.

Er wollte sofort loslegen. Aber Leona hatte recht. Wo sollten sie anfangen?

Kimber drehte sich zu den Bergen von Gaia. Der

Gebirgszug lag in der Ferne, aber mit der scharfen Sicht eines Wandlers sah er etwas Ungewöhnliches. Ein Ring aus Dunkelheit umgab die Bergspitze.

Aber da war auch ein heller Punkt.

Kimber breitete seine Flügel und erhob sich über die Baumkronen. Er blinzelte. Dann riss er die Augen weit auf.

„Ich weiß genau, wo sie ist." Er lächelte zum ersten Mal, seit er ihr Verschwinden bemerkt hatte. Sein kleiner, kluger Mensch. Kimber war sich sicher, dass sie seinem Vater die Hölle heiß machte. Ein Teil von ihm wollte sie noch ein paar Stunden dort lassen, nur um seinen Vater zu quälen. Sein Drache verwarf diese Idee jedoch, denn es war die reinste Folter, nicht in ihrer Nähe zu sein.

„Sie ist dort", sagte er und zeigte auf den Lichtpunkt.

„Woher weißt du das?", fragte Konan.

„Was ist das?", fragte Izem. „Ist das ein brennendes Kreuz?"

„Warum sollte jemand ein brennendes Kreuz im Schleier haben?", fragte Leona.

„Das ist Cardi", sagte Kimber. „Sie schickt ein Gebet zum Himmel."

KAPITEL FÜNFUNDZWANZIG

„Mir war kalt." Das war die Ausrede, die sie sich zurechtgelegt hatte.

Gneiss stand in der Tür des nun bettlosen Zimmers und starrte Cardi fassungslos an. Er machte zwei Schritte auf sie zu, die Hände zu Fäusten geballt. Er hatte Cardi bereits ausgeknockt, als er sie entführt hatte. Sie zweifelte nicht daran, dass er es wieder tun würde.

Aber sie wusste, dass er sie nicht töten würde. Nicht, wenn sie das in sich trug, was er in diesem Reich am meisten begehrte. Das war ihr Vorteil, und den würde sie ausspielen.

Cardi legte die Hände auf ihren Bauch und stöhnte. Gneiss' blieb sofort stehen.

„Ich habe Krämpfe", jammerte sie und sank auf die Knie.

Sie hatte tatsächlich Krämpfe. Aber sie rührten nicht von einer Schwangerschaft her. Es waren ihre monatlichen Menstruationskrämpfe.

Als jemand, die akribisch über ihre Periode Buch führte, seit sie in der Mittelschule das letzte Mädchen gewesen war, das sie bekommen hatte, kannte Cardi ihre PMS-Symptome in- und auswendig. Der Besuch der Roten Armee war demnächst fällig. Das bedeutete, dass sie nicht schwanger war. Wenn Gneiss herausfand, dass sie keine Jungtiere in sich trug, die er einer Gehirnwäsche unterziehen und für seine Zwecke missbrauchen könnte, was würde er dann mit ihr machen?

Sie wusste, was er mit ihr machen würde. Er würde das Ganze selbst in die Hand nehmen.

Der Gedanke an Gneiss, wie er es mit ihr trieb, brachte Cardi zum Würgen. Glücklicherweise verstärkte das ihr Schauspiel nur.

„Was ist los?", knurrte Gneiss. „Du blutest doch nicht etwa?"

„Nein", wimmerte Cardi. Noch nicht. „Aber ich habe Krämpfe." Das war die Wahrheit. „Ich glaube, ich könnte die Babys verlieren. Ich muss zu einem Arzt."

„Im Schleier gibt es keine Ärzte. Du musst dich hinlegen und etwas essen.“

„Tja“, sagte Cardi. „Was das angeht …“

Sie sahen beide auf das brennende Bett. Sie konnte sich schlecht ausruhen, während das Bett brannte. Gab es da nicht ein Lied darüber …

„Das ist doch ein Trick.“ Gneiss machte wieder einen Schritt auf sie zu.

Cardi erinnerte sich an die erste Nacht, in der er zu ihr gekommen war. Er hatte sie angeschaut wie ein geiler, alter Bock. So sah er sie auch jetzt an.

„Ich sollte mich vergewissern, dass du wirklich schwanger bist“, sagte er. Seine knorrige Hand griff nach ihr.

Cardi wich zurück, aber sie stand bereits mit dem Rücken an der Wand. Seine Hände lagen auf ihr. Seine raue Haut fühlte sich an wie grobes Leder. Sein heißer Atem roch nach Verwesung.

Jede andere Frau wäre in Ohnmacht gefallen. Cardi war aber nicht irgendeine Frau. Sie hatte Feuer im Blut. Sie trat ihm mit dem Absatz ihres Schuhs direkt ins Gemächt.

Gneiss kippte um. Cardi fiel seitlich zu Boden. Ihr Ellbogen schrammte an der Wand entlang. Ihre Knie prallten auf dem harten Steinboden auf. Aber sie durfte nicht zulassen, dass die Schmerzen sie schwach werden ließen. Gneiss würde sich bald wieder aufrappeln, und sie hatte keine andere Wahl.

Sie versuchte aufzustehen, aber ihre Beine waren wackelig. Kleine Vögelchen flogen wieder um ihren Kopf herum. Rauch drang in ihre Nasenlöcher. Sie rollte sich auf die Knie und begann zu krabbeln.

Gneiss' mächtiger Körper versperrte die Tür, und sie wollte bei ihrem Fluchtversuch nicht in seine Klauen geraten. Aber sie konnte auch nicht zum Fenster gehen. Das Feuer, das sie mit ihrem Kreuz entfacht hatte, brannte zu stark. Und es loderte noch stärker auf, als drei Drachen flügel-schlagend zur Landung ansetzten.

Drachen. Drei. Einer war blau wie ein Topas. Der Zweite schwarz wie Jade. Und der Dritte, der Vordere, hatte einen glitzernden Unterleib, der wie Diamanten schimmerte.

Kimber verwandelte sich. Sein nackter Körper sah herrlich aus vor dem brennenden Kreuz. Er war ein Heiliger, der gekommen war, um seine Madonna und sein Kind zu retten. Nun ja, vermutlich doch kein Kind.

Kimber stürmte ins Zimmer. Aber er lief nicht zu seinem Vater, sondern direkt zu ihr.

„Du bist gekommen", hauchte Cardi.

„Ich habe gehört, wie du meinen Namen gerufen

hast." Er wies mit dem Kopf auf das brennende Kreuz, das mittlerweile fast vollständig abgebrannt war.

Er nahm sie in die Arme, wandte sich von seinem Vater ab, ohne ihn auch nur eines Blickes zu würdigen, und ging zum Fenster.

„Was ist mit ihm?", fragte Cardi.

„Ilia hat noch ein Hühnchen mit ihm zu rupfen", erwiderte Kimber. „Also habe ich ihm den Vortritt gelassen."

Ilia küsste Cardi auf die Stirn und stellte sich dann vor seinen Vater. Dessen Schreie hallten durch die Luft, als Cardi auf Kimbers Rücken stieg und er sie nach Hause flog.

KAPITEL SECHSUNDZWANZIG

„Glaubst du wirklich, dass menschliche Frauen so etwas attraktiv finden?"

Kimber zerrte an der Satinschärpe, die um seinen Oberkörper geschlungen war. Das rosafarbene Stück Stoff fing das Licht ein, und Kimber musste angesichts des Glanzes zusammenzucken. Unvermittelt fragte er sich, ob es so aussah, als trüge er eine Windel.

„Glaub mir", sagte Ilia, während er die Pampers für Erwachsene an Kimbers Rücken befestigte. „Das war zu Cardis Zeiten der letzte Schrei."

Kimber berührte nun das Band, das um seinen Hals hing. Es saß so eng, dass er fast daran erstickte. „Bist du sicher, dass das eine Krawatte ist?"

„Das ist ein Halsband", erwiderte Ilia und zog

den Anhänger knapp unterhalb von Kimbers Kinn fest. „Das wird dich unwiderstehlich machen. Ducky hat so etwas in *Pretty in Pink* getragen."

„Ducky? War das nicht der Typ, der das Mädchen nicht gekriegt hat?"

Ilia rümpfte die Nase. „Das spielt keine Rolle. Du hast dein Mädchen doch bereits."

Kimber hatte sein Mädchen, das stimmte. Und heute Abend würde er Cardi zeigen, wie viel sie ihm bedeutete. Und nicht nur er, sondern auch alle anderen.

Sie waren alle wieder im Schloss vereint. Coruns und Chryssies Junge entwickelten sich unter den wachsamen Blicken des Ultraschallgeräts prächtig. Beryl und Poppy waren aus ihren Flitterwochen zurückgekehrt und konnten immer noch nicht die Finger voneinander lassen. Und jetzt war Cardi zurück, gesund und munter und einigermaßen fügsam. Außer nachts in seinem Schlafzimmer, wenn er sie fesselte und ihr so viel Lust verschaffte, bis sie ohnmächtig wurde.

Es gab keine einzige Bedrohung mehr für sie oder seine Familie, jetzt wo Gneiss nicht mehr da war. Kimber hatte sich nicht nach den Einzelheiten erkundigt, was Ilia und Rhoyl mit ihrem Vater gemacht hatten. Von dem Moment an, als Cardi in seine Arme zurückgekehrt war, hatte er sich hauptsächlich auf ihr Wohlergehen konzentriert.

Kimber fing den Blick seines Bruders im Spiegel auf. Der jugendliche Schimmer war aus Ilias Augen verschwunden. Er sah aus, als wäre er um Jahre gealtert. Kimber wusste, dass es nur eine Sache gab, die dieses Unbehagen würde beseitigen können.

„Du bist der Nächste, Bruder", sagte Kimber.

„Die Walküren haben deinen Bedingungen noch nicht zugestimmt", wies Ilia die Worte seines Bruders zurück und sah dabei noch verzweifelter aus.

Hilda hatte noch nicht Nein gesagt. Es gab also noch Hoffnung.

Die beiden Männer gingen hinunter in die Große Halle, wo die anderen versammelt waren. Es sah aus, als hätte eine Elfe Silber und Gold an die Wände und Decken geschmiert. Silberne und goldene Luftschlangen sowie Luftballons regneten von den Dachbalken herab. Eine Discokugel drehte sich und tauchte die Halle in Regenbogenfarben. Von der Decke hing ein großes Banner mit der Aufschrift *Zurück in die Zukunft*, nach einem Film, den Cardi sie alle hatte sehen lassen.

Die Halle war voller Familienmitglieder und Freunde. Die Wölfe und Bären standen auf der

Tanzfläche und versuchten, eine Szene aus einem Tanzfilm nachzustellen. Leider lag den Wandlern das Tanzen nicht besonders und sie sahen aus, als hätten sie einen epileptischen Anfall. Die Löwen stritten sich darum, wer an der Videospielkonsole an der Reihe war.

Und dann war da noch Cardi.

Sie kam die Treppe hinunter, eingehüllt in weißen Taft und rosa Tüll. „Oh, Kimmy, es ist perfekt."

Kimber hob sie hoch, bevor sie die letzte Stufe erreichte. „Das ist alles für dich."

„Mein eigener Prom-Ball!", jauchzte sie.

„Prom-Ball? Was ist das? Ich dachte, das wäre ein Schulball."

„Hier sind die Party-Crasher, ihr Luschen!"

Kimber hob den Kopf und sah, wie eine Horde Walküren in die Halle strömte. Er wäre beunruhigt gewesen, aber sie hatten ihre Waffen offenbar draußen gelassen. Nicht, dass sie ihre Schwerter brauchten, um den Wandlern eine gehörige Tracht Prügel zu verpassen.

„Wir haben gehört, dass du eine ‚Ich bin keine Jungfrau mehr'-Party schmeißt", rief Morrigan.

Cardi verzog den Mund. Offenbar hatte sie dem Fest genau diesen Namen gegeben. Sie sah Kimber achselzuckend an und umarmte Morrigan schließlich. Kimber seufzte ergeben. Er wusste schließlich genau, wessen Jungfräulichkeit er geraubt hatte: die einer temperamentvollen, eigensinnigen, schönen, begehrenswerten Frau. Und er würde so bald wie möglich wieder mit ihr in die Kiste hüpfen.

„Hey, Ilia", sagte Siggy. „Komm, tanz mit mir!"

„Danke, Siggy, aber ich verzichte lieber." Ilia lehnte sich an die Wand und sah zu, wie seine Brüder und ihre Gefährtinnen – und jetzt auch die Walküren – ihre Körper zu den Klängen von *Holiday* bewegten.

„Aber hast du nicht gehört, dass du etwas zu feiern hast? Wir haben Hildy überredet, und sie hat zugestimmt, den Schleier wieder zu öffnen."

Ilia trat gegen die Wand. „Sie hat zugestimmt?"

„Ja, hat sie … " Morrigan zuckte mit den Schultern. „… Mehr oder weniger freiwillig."

Ilia reckte die Fäuste in die Luft und sprang nun doch auf die Tanzfläche. Es sprach sich schnell unter den versammelten Wandlern herum, dass sie das Recht wiedererlangt hatten, bald ihre eigenen Gefährtinnen zu vernaschen. Da ging die Party erst so richtig los.

Aus den Lautsprechern ertönten die Klänge von Madonnas *True Blue*. Kimber legte den Arm um seine Partnerin und ging mit ihr in die Mitte der Halle, um mit ihr zu tanzen.

„Danke, Kimber."

„Wofür?"

„Dass du mich endlich so siehst, wie ich wirklich bin."

„Ich wusste nicht, was Liebe ist – bis du in mein Leben tratst", paraphrasierte Kimber den Text des Liedes, ohne sich zu schämen, dass er ihn kannte.

Cardis Augen leuchteten vor Bewunderung. Aus diesem Grund schämte er sich auch nicht. Alles, was sie dazu brachte, ihn so anzulächeln, würde er mit Freude zitieren.

„Du passt zu mir wie ein Handschuh", sagte er in Anspielung auf das Lied. „Ich liebe dich, Cardinal."

Zum ersten Mal, seit er sie kannte, hatte Cardi keine schlagfertige Erwiderung parat. Ihre Lippen bebten. Ihre Augen füllten sich mit Tränen. „Ich liebe dich auch."

Kimber neigte den Kopf und kostete die Süßigkeit, die er heute Abend vernaschen würde. Wahrscheinlich sogar eher früher als später. Wann könnten sie ihre Party wieder verlassen?

Es stellte sich heraus, dass die Antwort „in fünf Minuten" lautete.

EPILOG

Als Drache, der mit zwei Brüdern auf die Welt gekommen war, fiel Ilia das Alleinsein schwer. Er setzte sich ans Ende der Bar. Der Platz zu seiner Rechten war leer. Der Barhocker zu seiner Linken lag umgekippt auf dem Boden, denn der Troll, der dort gesessen hatte, war Hals über Kopf davongerannt, als Ilia sich ihm knurrend genähert hatte. Das war ein Jammer.

Ilia wollte nicht allein sein.

„Ist dieser Platz besetzt?", säuselte eine hohe Stimme.

Der verlockende Duft, der von der zarthäutigen Elfe ausging, kitzelte Ilias Nase. Also beugte er sich über seinen Drink, atmete dessen Geruch tief ein und ließ den feurigen Alkohol das Parfüm aus seinen Nasenhaaren brennen.

„Willst du heute Abend etwas Gesellschaft, Ilia?" Die Elfe schob den Barhocker aus dem Weg und zielte mit ihrem kessen Hintern auf Ilias Schoß. „Clove und ich würden dich gerne die ganze Nacht bis in den Morgen hinein wachhalten."

Clove, die mintgrüne Elfe, tauchte hinter Ilia auf. Ihr erdiger Duft vermischte sich mit dem zucker-süßen Duft des Lavendels von Honeysuckle. Deren Hände legten sich um Ilias Bizeps wie Ranken, die sich um einen Baumstamm winden.

Noch vor ein paar Wochen hätte Ilia dieses unmoralische Angebot zweier Elfen mit Freude angenommen. Verdammt, er wäre nackt durch einen ganzen Garten mit diesen schönen Wesen gelaufen und hätte sie alle befruchtet. Jetzt bekam er bei ihrem Anblick eine Gänsehaut. Bei ihrem Geruch drehte sich ihm der Magen um. Denn keine von ihnen war *sie*.

„Nicht heute Abend", erwiderte Ilia sanft. Oder zumindest so sanft, wie er konnte.

Er war ein großer Drache, der eher für seine Stärke und seinen Mut als für seine sanften Umgangsformen bekannt war. Die meisten Elfen mit ihren biegsamen Gliedmaßen mochten es jedoch ein wenig rauer.

„Warum nicht?", fragte Clove. „Glaubst du, wir sind nicht genug für dich? Du kannst uns beide gleichzeitig haben …"

„Ich sagte Nein."

Feuer drang aus Ilias Nase. Die beiden Elfen wichen sofort zurück und warfen den Barhocker zu seiner Rechten um, der sich zu dem anderen auf den Boden gesellte, und beeilten sich, von ihm wegzukommen.

Ilia wusste, dass er sich entschuldigen sollte. Es war sehr unhöflich, wehrlose Frauen zu erschrecken. Das war kein ritterliches Verhalten. Nicht wie bei seinem Idol Arnold „The Terminator" Schwarzenegger, der seine Sonnenbrille zurechtgerückt und gesagt hatte, dass er wiederkommen würde.

Aber er würde nicht wegen der beiden Elfen zurückkehren. Er wollte nicht ihr Held sein. Er wollte *ihr* Held sein. Aber sie war nicht hier.

Ilia nahm sein Getränk in die Hand und schüttete dessen Inhalt in seine Kehle. Die feurige Flüssigkeit brannte wie Feuer. Buchstäblich. Es schlugen Flammen aus dem Becher. Aber für einen feuerspeienden Drachen war das nur ein Kitzeln, als das

Getränk in seinen Bauch floss. Was Ilia wirklich störte, war das Alleinsein.

In einer Welt, in der Drachen paarweise geboren wurden, war Ilia der Dritte von Drillingen gewesen. Er war als der Schwächste des Wurfs geboren worden. Er war als Letzter auf die Welt gekommen, zu klein und zu schwach, um zu überleben. Und doch hatte er überlebt.

„Was ist los? Nicht heiß genug für dich, mein Großer?"

Ilia holte tief Luft, bereit, dem Neuankömmling, der seine Selbstmitleidsparty störte, Feuer ins Gesicht zu speien. Als er den Kopf hob, stand weder zu seiner Rechten noch zu seiner Linken eine Elfe. Diesmal stand eine Elfe hinter der Bartheke und sah ihn mit einer fragend hochgezogenen Augenbraue an.

„Ich bin nicht in der Stimmung, Mari", sagte Ilia und warf einen Blick über seine Schulter auf die beiden Elfen, die er verscheucht hatte.

„Ich meinte nicht diese Weichei-Zwillinge. Ich meinte den Drink." Mari zeigte auf den Becher auf dem Tresen.

Ilia starrte auf dessen Boden. Er war komplett leer. Und keine Flammen leckten mehr daran.

Mari ergriff den Becher und drehte sich um, um

ihn wieder zu füllen. Bernsteinfarbene Flüssigkeit ergoss sich darin. Die Farbe einer hellen Flamme, die darauf wartete, entzündet zu werden.

„Was ist denn in dich gefahren?", fragte sie. „Du stehst normalerweise in der hintersten Ecke der Bar, mit ein paar Elfen um die Hüften."

„Das mache ich nicht mehr."

„So sind doch aber alle Drachen", schnaubte Mari. „Und die Löwen, Bären und Wölfe. Ihr Biester denkt alle, Elfen seien euer persönlicher Harem."

Mit einer raschen Bewegung ihres zarten Handgelenks zündete Mari ein Streichholz an und entflammte das Getränk. Das Feuer loderte über den Rand des Bechers. Sie schob ihn ihm zu und trat zurück, um nicht verbrannt zu werden.

Maris Lippen verzogen sich voller Abscheu. Elfen mochten Wärme, aber kein Feuer, das ihre zarte Haut versengen konnte. Mari war in ein braunes Sackkleid gehüllt, das ihrem indigoblauen Teint nicht gerade schmeichelte. Aber das machte nichts. Sie war dennoch atemberaubend schön. Elfen waren stets schön, egal ob sie lächelten oder die Stirn runzelten, ob sie nackt oder mit Schlamm bedeckt waren. Genau wie die Blumen, aus denen sie sich entwickelt hatten, lag es in ihrer Natur, die Blicke aller Menschen und Tiere auf sich zu ziehen.

Ilia hatte Mari nie angegraben. Sie war seine Freundin. Helden schliefen nicht mit ihren guten Freunden. Sie übten mit namenlosen Elfen, während sie darauf warteten, dass ihre wahre Liebe nach ihnen rief, um gerettet zu werden.

Ilia schloss die Augen und lauschte aufmerksam. Alles, was er hörte, war das Geschwätz der Elfen, Trolle und weiterer Wesen. *Sie* war nicht in dieser Bar. *Sie* war nicht in diesem Reich.

„Du siehst aus wie eine Leiche", sagte Mari. „Und deine Nägel sind schmutzig. Ist das Blut?"

Ilia nickte, als er den Becher anhob und einen Schluck trank. Eine Flamme kitzelte seine Nasenspitze. „Ich habe vorhin meinen Vater getötet."

Die Erinnerung an das Geräusch der Knochen seines Vaters, die unter dem Gewicht von Ilias Klauen zerborsten waren, jagte ihm einen zufriedenen Schauer über den Rücken. Das Geräusch von knackenden und brechenden Knochen war Ilia nur allzu vertraut. Schließlich hatte sein Vater ihm wiederholt die Knochen gebrochen, als er noch ein Junges gewesen war. Er hatte ihn gebrochen, misshandelt und zerschrammt zurückgelassen. Hatte ihn zum Sterben zurückgelassen.

Aber Ilia, der hartgesottene Drache, der er war,

war wieder geheilt. Er hatte wieder geatmet, hatte weitergelebt.

Maris himmelblaue Augen begegneten den seinen. Ilia sah, dass keine Angst darin lag, zumindest keine Angst vor ihm. Sie hatte ihn in diesen Zeiten als wehrlosen Welpen gesehen. Sie und seine Brüder hatten sich um Ilia gekümmert – die wenigen Male, in denen er es ihnen erlaubt hatte.

„Der alte Drache ist also wirklich tot?", fragte Mari.

Als Antwort nahm Ilia einen weiteren Schluck von seinem Getränk. Mari hatte die Flamme verstärkt. Es brannte in seiner Kehle, und er brauchte eine Minute, bevor er wieder sprechen konnte.

Mari lehnte sich über den Tresen, nahe an Ilia heran. Ihr Duft war mehr würzig als süß. „Gut, dass wir ihn los sind."

Elfen waren nicht blutrünstig. Wahrscheinlich, weil sie kein Blut hatten. Sie bestanden innerlich nur aus Blütensaft.

Aber nicht Mari.

Sie hatte einen Hauch von Eis in sich. Schade, dass sie nicht seine Gefährtin war. Das hätte Ilias Leben einfacher gemacht. Aber Elfen und Drachen waren nicht kompatibel. Sie würden sich niemals fortpflanzen können. Da Mari ihm keine eigenen Welpen würde schenken können, würde sein Drache sie immer zurückweisen. Die Bestie wollte eine menschliche Frau. Aber das waren seltene Geschöpfe in diesem Teil der Welt.

In den vergangenen zehn Jahren waren nur drei menschliche Frauen von jenseits des Schleiers gekommen. Poppy war vor ein paar Wochen zu ihnen gestoßen. Aber Ilias Bruder Beryl hatte sie nach einem Kampf, in dem Beryl getrickst hatte, für sich beansprucht. Ilia war immer noch wütend über die Niederlage, die ihm sein Bruder in diesem Kampf bereitet hatte.

Ein paar Wochen zuvor war Chryssie seinem älteren Bruder Corun in den Schoß gelegt worden. Corun hatte die feurige Rothaarige anfangs nicht gewollt. Aber in dem Moment, als Ilia seine Absichten erklärt hatte, hatte Corun seine Aussage zurückgenommen und Chryssie an sich gerissen.

Das war kein guter Stil im Kampf unter Helden, und Ilia hatte das seinem Bruder gesagt. Aber Corun hatte das nicht interessiert. Er war zu sehr damit beschäftigt gewesen, Chryssies Beine um seine Hüften zu schlingen.

Jahre zuvor war Cardi auf ihrer Türschwelle abgesetzt worden. Damals war sie noch ein unreifer

Teenager gewesen. Kimber, ihr ältester Bruder, hatte sie gewonnen, nachdem er mit dem Vater der Drachen gekämpft hatte. Aber Kimber hatte Cardi all die Jahre nicht angerührt. Bis ihr Vater zurückgekommen war, um Anspruch auf die nun erwachsene Frau zu erheben.

„Ich war heute der Held", sagte Ilia. „Ich habe den Bösewicht besiegt. Aber ich habe es trotzdem nicht geschafft, die Jungfrau zu bekommen. Ist das fair?"

„Du meinst, als du Cardi vor deinem Vater gerettet hast?", fragte Mari. „Warte mal! Bist du etwa in Cardi verliebt?"

„Nein, ich bin nicht in Cardi verliebt. Sie ist praktisch meine Schwester, genau wie du. Aber ich habe sie gerettet. Und bekomme ich einen Dank?"

„Ich schätze nein."

Mari hatte richtig vermutet. Ilia hatte Cardi vor einem Schicksal bewahrt, das schlimmer gewesen wäre als der Tod. Und welchen Dank hatte er von ihr erhalten? Sie hatte ihm die Tür vor der Nase zugeschlagen.

„Sie wollte nicht mal, dass ich bei ihr übernachte. Sie ist jetzt mit Kimber im Bett. Und glaube mir, die schlafen nicht."

„Es gibt viele Frauen, die gerne bei dir übernachten würden. Und keine von ihnen würde schlafen wollen."

„Mit einer Elfe ist es nicht dasselbe. Nichts für ungut."

Mari hob die Hände, um ihm zu bedeuten, dass sie nicht beleidigt war.

„Sie sollte schon längst hier sein." Ilia drehte sich um und blickte auf die geschlossene Tür der Bar.

„Wer?"

„Meine Gefährtin. Was, wenn sie nicht hier ist, weil sie in Gefahr ist? Ich sollte zu ihr gehen. Der Terminator war hinter Sarah Connor her. Er durchbrach die Zeitbarriere, um zu ihr zu gelangen."

„Ist der Terminator nicht durch die Zeit gereist, um Sarah Connor zu töten?"

Ilia trommelte mit den Fingern gegen den leeren Becher. Er war noch warm. „Was, wenn Reese jetzt bei ihr ist und ihre Lügen über mich erzählt?"

„Du weißt schon, dass Kyle Reese der Held des Films war und nicht der Terminator?"

Ilia stand abrupt auf, sodass sein Barhocker umstürzte. Er landete mit einem lauten Knall neben den anderen beiden auf dem Boden. „Ich muss sie suchen gehen."

„Du darfst nicht durch den Schleier gehen, Ilia."

„Die Walküren haben ihn geöffnet. Es gibt also

nichts, was mich aufhält. Ich könnte losziehen und sie selbst finden. Wie schwer kann das sein?"

„Du weißt schon, dass es Millionen von Menschen gibt?"

„Es gibt auch die Gelben Seiten. So hat der Terminator Sarah Connor gefunden. Also wirklich, hast du den Film überhaupt gesehen?"

„Hast *du* das denn?"

Natürlich hatte er das. Es war sein absoluter Lieblingsfilm. Mit *T2* an zweiter Stelle, als Arnold zu der Heldin zurückkehrte, die er im ersten Film verloren hatte. Was für ein romantischer Film!

„Ich finde, du solltest auf Morrigan warten", sagte Mari.

„Helden warten nicht. Sie handeln." Er machte einen Schritt auf die Tür zu, drehte sich dann aber wieder um, weil er sich diese Gelegenheit für eines der größten Filmzitate nicht entgehen lassen wollte. „Ich komme wieder."

Ilia steht kurz davor, seine Partnerin im Spiel der Liebe zu finden.
Aber er wird lernen müssen, dass nicht alle Frauen

gerettet zu werden brauchen. Und moderne Frauen haben
die Angewohnheit, ihre Helden selbst zu retten.

Lesen Sie, wie sich diese Liebesgeschichte entwickelt, in
Das rebellische Opfer des Drachen
das vierte Buch der Reihe „Die letzten Drachen".